밤과
노래

밤과 노래

장연정 지음 ― 신정아 찍음

indigo

[밤과 사랑]
같은 시간에 우리는
어쩌면
서로를 _____ 136

[밤과 위로]
삶은, 홀로
파도에 맞서는 일
같아서 _____ 228

밤을 열다

밤이 온다.

조도가 낮은 방 안.

비로소 낮 동안 닫아두었던 커튼을 연다.

창을 열자 밤의 빛이 들어온다.

어두웠던 방 안이 밤의 빛으로 생기를 얻는다.

나는 나지막이 밤, 하고 발음해 본다.

두 입술이 맞닿아 침묵으로 끝이 나는 말.

이제부터는 모든 것이 비밀스러워지리라.

밤을 입에 담는 순간, 창문 밖의 저 까만 공간과 약속을 한 듯

말 대신 눈이, 마음이 열린다.

이 밤, 나는 너, 아니면 나, 그 둘 중 하나만 바라보기로 한다.

입술을 꼭 다문 채로 눈과 마음과 귀를 열고서.

나에게, 밤은 선율이다.

청춘의 많은 밤 그 선율에 실려 나는 유영하듯 밤을 떠돌았다.

유유히 떠돌다 어떤 느낌들과 충돌하고,

별이 탄생하듯 이야기가 생겨났다.
반짝 까만 밤 위에 터지는 섬광 속에 또렷해지는 사람과, 사랑,
그리고 지금은 알지 못할 추억의 공간에 저장될 어떤 지점들.

서른다섯 해.
나는 그동안의 생을 밤과, 음악에 의지해왔다고 고백한다.
해가 나 있는 동안에는 그을린 듯 어두웠다가도
밤이 오면 생생하게 고개를 들곤 했음을.
한낮 햇살 아래 정확한 현실보다,
한밤의 흐릿한 빛 번짐 속의 사람을, 도시를, 공기를 사랑했음을.

여기, 숱한 밤을 사는 동안 함께했던 노래들을 모았다.
나의 기억이 묻은 노랫말들이라,
얼마만큼의 공감이 생길지는 모르겠지만,
분명 한 번쯤은 우리, 여기 이 노래들을 듣고
같은 느낌을 가진 적이 있으리라, 생각한다.
서로 다른 별자리를 보고 있을지라도,
결국 같은 밤하늘을 보고 있으니까, 괜찮다고.

다시 밤이 온다.
오늘의 나를 보듬어주어야 할 때다.
느릿느릿 밤의 푸르름을 끌어안고,
나의 음악들을 모아본다.

PLAY.
그리고
Good Night.

_ 장연정

가짜 어른의
위태로운

하루

세상 사람들 모두 정답을 알긴 할까
힘든 일은 왜 한 번에 일어날까

나에게 실망한 하루
눈물이 보이기 싫어
의미 없이 밤하늘만 바라봐

작게 열어둔 문틈 사이로
슬픔보다 더 큰 외로움이 다가와 더 날

수고했어 오늘도
아무도 너의 슬픔에 관심 없대도
난 널 응원해

수고했어 오늘도

수고했어 오늘도
노래_옥상달빛
작사_김윤주, 작곡_김윤주

비록
내일

다시

울게
될지라도

퇴근.

집으로 돌아와 아무렇게나 신발을 벗고, 가방을 던져둔다.

고요하고 어두운 방. 그대로 침대에 눕는다.

옷을 벗기도 귀찮고,

무언가를 생각하고 싶지도 않은 기분.

천장을 바라보며 한참을 그렇게 누워 있다.

얼마나 지났을까. 다시 주섬주섬 일어나 옷을 벗고,

냉장고를 열어본다. 조금씩 상해가고 있는 음식들.

끝을 알리는 날짜들을 바라보다, 도로 문을 닫는다.

냉장고의 냉기가 왠지 너무 차가워서.

불 하나를 간신히 켜둔 거실에 앉아, 한참을 멍해진다.

오늘 하루 동안 있었던 일들을 돌이켜보다,

그게 오늘의 일이었는지 어제의 일이었는지

조금씩 헷갈리기 시작한다.

무언가에 상처받은 것 같은데,

그 무엇이 무엇인지 분명하지 않다.
불투명한 유리창 너머의 무언가를
들여다보려 애쓰는 기분.

온종일 울리지 않는 전화기를 들여다보는 사이,
졸음이 밀려온다.
나는 휘적휘적 화장실로 걸어간다.
그리고 머리를 질끈 묶고 양치질을 하고,
세수를 시작하는 순간,
갑자기 눈물이 툭, 터진다.
왜 이러지.
고개를 들어 거울을 바라보니
그 안에 눈이 새빨개진 내가 서 있다.

거울 속의 내가 거울 바깥의 나에게 얘기한다.

"오늘, 힘들었지?"

나는 아무 말도 못한 채 그대로 서서 계속 운다.
세면대를 향해 고개를 숙인 채로.
쏟아지는 물소리에 울음소리를 감추면서.
무언가에 급히 가슴을 데인 사람처럼.

그렇게 울면서 생각한다.

오늘 나는, 슬펐구나, 힘들었구나.
누군가 나에게 힘들었지? 다 알아. 수고했어.
하는 말을 듣고 싶었구나.
아무도 없는 집을,
아무도 없는 혼자만의 저녁 식탁을
마주할 자신이 없었구나.

더 이상 힘들어 울 수 없을 때까지 운다.
그렇게 한참을 울고 말끔히 울음을 씻어내고
다시 거울을 본다.
빨갛게 퉁퉁 부은 얼굴이지만,
울기 전보다 편안해진
눈동자를 가진 내가 서 있다.

수고했어. 오늘도.

나는 소리 내어 나에게 이야기해준다.
알 수 없는 어딘가에 입은 상처가 아물 수 있도록.

울음으로 털어낸 마음이 가볍다.
결국엔 미소로 마무리되는 밤.

비록 내일 다시 울게 될지라도,
오늘만큼은 넉넉하게 건네본다.

나에게 건네기엔 참
부끄럽고도 어려운 그 말.
나, 수고했다. 오늘도.

우리 집에는
매일 나 홀로 있었지
아버지는 택시드라이버
어디냐고 여쭤보면 항상
"양화대교"

아침이면 머리맡에 놓인
별사탕에 라면땅에
새벽마다 퇴근하신 아버지
주머니를 기다리던 어린 날의 나를 기억하네

행복하자
우리 행복하자
아프지 말고 아프지 말고
행복하자
행복하자

b

아프지 말고 그래 그래
그때는 나 어릴 때는
아무것도 몰랐네
그 다리 위를 건너가는 기분을

이제 나는 서 있네 그 다리 위에

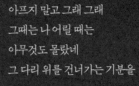

양화대교
노래_ Zion.T, 작사_ Zion.T
작곡_ Zion.T, KUSH, 전용준, 서원진

무거운 삶 위에
부디, 해피엔딩을

밤의 다리 위에 올라본 적이 있다.
까맣게 흘러가는 강물 소리와 그 위에 내려앉은
노란 달빛이 출렁이는 모습을 바라보다
해서는 안 될 생각을 하게 될까 두려워 한 적이 있다.
아마 다리 위에 서본 이들이라면
누구나 한 번쯤은 이 애달픈 두려움을 마주한 적 있을 것이다.

다리 저편으로 펼쳐진 삶의 공간.
수없이 반짝이는 불빛들 속에 오롯한 나만의 공간은 없는 가난한 삶.
우두커니 '내 것 아닌 불빛'들을 바라보다 이내 고개를 숙인다.
"아, 강바람 좋다."
혼자 중얼대보다가 머쓱해진 마음으로 입을 닫는다.

누구나, 당장 지금을 살아내지 않으면 안 되는 삶을 살고 있다.
미래는 보이지 않는 먼 곳에만 있는 것.
그러고는 늘 현실이라는 이름으로 우리 앞에 선다.
예상한 적 없던 일이라 해도 누군가를 원망할 수는 없다.
이제 우리에게 미래는, 그런 것이니까.

엄살 부리면 안 된다. 아무도 알아주지 않으니까.

오늘 이 다리 위로 몇 개의 삶이, 몇 개의 한숨이 지나갔을까.
결국, 나는 다시 마음이 아프다.

누구나 가슴속엔 각자의 '양화대교'가 있을 거라고 생각한다.
그 다리 위를 건널 때면, 그곳을 건너다니며
자꾸만 무너지는 삶을 간신히 일으켜 세우려 했던
나의 아버지, 어머니의 얼굴이 생각나
눈물이 나는 순간도 있을 것이다.
아니면 지금 그 다리 위를 건너며 겨우 살아가는
나 때문에 마음이 아프거나.

오늘도 이 다리를 건너다 한참을 서 있다.
서울의 밤은 오늘도 아름답고, 아름다워서 누군가를 쓸쓸하게 한다.
말없이 지나간 누군가의 뒷모습을 바라보는 일처럼, 그렇게.
보이지도 않는 슬픔에 발걸음을 멈춰 선다.
생을 건너가는 일이란 이렇게 길고 긴 다리 위를
바람을 맞으며 천천히 홀로 걷는 일이 아닐까.
나의 아버지도, 어머니도, 사람들 모두 그렇게
각자의 '양화대교'를 건너며 들키지 않게
웃고 울며 생을 완성해가고 있는 건 아닐까.

자동차 유리창을 끝까지 열고 이 노래를 조용히 따라 부르게 되는 밤.

행복하자, 아프지 말고, 그래.

나는, 이 노래를 할 때만은 행복하자고 수줍지 않게 고백할 수 있다.

그러다 혼자 훌쩍훌쩍 운다 해도 아무도 볼 수 없으니 괜찮다.

창밖으로 스쳐가는 모든 것들에게 들켜도 괜찮은 부끄러움.

모두의 어깨 위에 내려앉은 무거운 삶 위에 부디, 해피엔딩을.

오늘도 헤드라이트가 폭죽처럼 반짝이는

이 다리 위에서, 나는 간절히 기도한다.

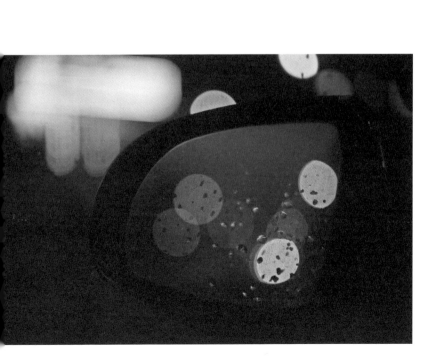

엄마는 늘 말씀하셨지 내게
엄마니까 모든 것 다 할 수 있다고
그런 엄마께 나는 말했지 그 말이
세상에서 제일 슬픈 말이라고

남들이 뛰라고 할 때
멈추지 말라고 할 때
엄마는 내 손을 잡고 잠시 쉬라 하셨지

남들이 참으라 할 때
견디라고 말할 때에
엄마는 안아주시며 잠시 울라 하셨지

다 갚지도 못 할 빚만 쌓여가는구나

엄마

노래_ 강아솔,

작사_강아솔, 작곡_강아솔

이해하게 될까 봐

두려웠지만

엄마라 불리는 존재들에 대해 생각한다.
생명을 잉태하고 세상에 낳아 빛을 보게 한 그 뜨거움.
단지 내 안에 품어 낳았다는 이유만으로 평생 미안함 속에
살아야 하는 그 애틋한 굴레에 대해 생각한다.
그 이름을 가진 순간, 여자는 행복한 채로 늘 슬프게 그곳에 머문다.

이해하게 될까 봐 두려운 것들이 있다.
내게는 '엄마'가 그랬다.
이해하는 순간 알게 될 슬픔이 두려웠기 때문에.
나는 모른 척하고 싶었다.
그리고 모른 척할수록 슬픔은 더 자연스레 눈앞으로 다가왔다.
서로 반대 극을 찾아가 찌릿한 전류가 일듯 슬픔은
사랑이라는 이름을 찾아 피를 돌게 했다.
엄마를 알게 되는 일. 그건 슬픔을 지나 사랑을 알게 되는 일이었다.
감전되듯 가슴이 번쩍 놀라는 따끔한 일이었다.

늘 분명하게 알고 있다고 생각했으나, 제대로 안 적 없던 사람.
어떤 어긋남 후에 늘 먼저 회복해보려

노력하지 않아도 되었던 유일한 사람.

엄마를 엄마로 보지 않을 때,
엄마를 여자로 보려 했을 때, 비로소 엄마는 보였다.
엄마라는 이름을 떼고, 한 여자로 만난 그녀는 생각보다 멋지고,
당차고 용감했다.

엄마가 나를 딸아, 하고 부르는 소리를 들을 수 있다는 건
얼마나 큰 기적인가.
그 목소리에 숨겨진 무한한 헌신과 용서.
나는 엄마라는 그 따사로움 앞에서 자꾸만 부끄러워진다.

한때 나마 엄마처럼 살기 싫다고 했던 나를, 반성한다.
나는 결코 엄마처럼 성실하고 착하게,
나를 버린 이들에 대한 미움을 잊고
지나간 불행에 이유를 묻지 않으며,
그렇게 절절히 아름답게 살지 못할 것이다.

세상 끝에 겨우 매달려 있을 때,
나는 엄마. 하고 운다.
내가 끝내 매달려 살아가야 할 이름이 구원처럼 그곳에 있다.

그대는 너무 힘든 일이 많았죠.
새로움을 잃어버렸죠
그대 슬픈 얘기들 모두 그대여
그대 탓으로 훌훌 털어버리고

지나간 것은 지나간 대로
그런 의미가 있죠

우리 다 함께 노래합시다
후회 없이 꿈을 꾸었다 말해요

걱정 말아요 그대
노래_ 들국화
작사_전인권, 작곡_전인권

결국
아름답게 남는 것

다 그럴 만한 이유가 있다고 생각하니
그런가 보다 싶었다.
그땐 그래야 할 상황이었다고 생각하고 보니,
그런 선택을 했던 나 자신을 조금 안아줄 수 있을 것도 같았다.

그땐, 그런 눈빛일 수밖에 없었고,
그런 말이 필요한 때였으며
때마침 그런 순서의 일들이 일어나는 게 어울렸던 거라고
자연스레 그런 바람이 불어야 했던 차례라고 생각하니
나는 그제야 조금 웃음이 났다.

지나간 일들을 지나간 일들로 바라보는 데 시간이 필요했다.
사람들은 그것을 통틀어 '인생'이라 부르고
나는 그것에 조금 더 마음을 보태 '사랑'이라 불러본다.

모든 선택은 최선이었고, 그 순간만큼은 행복이었다.
크고 작은 실수들 역시 내 선택의 한 부분.
그랬더라면, 하는 전제는 이제 접어두어도 좋다.

지금 그대와 내가 해야 할 일은,
지나간 일을 그저 그대로 멀리 서서 바라봐 주는 것.
언젠가 그것들이 노래가 되어 흘러나올 때
감추지 않고 불러보는 것. 흘려보내는 것.

지나간 모든 일은 언젠가 꾸었던 꿈이 되고,
결국 아름답게 남는다.

그러니 그대여, 괜찮다.
모두 지나갈 뿐이니, 다 괜찮다.

노래하자. 우리 다만 지금을 노래하자.

축 처진 어깨들 모두 다른 얘기들
비를 피해 작은 우산 속에 숨었네
미처 가리지 못한 가방을 보며 한숨만
젖어버린 삶에 겨운 짐들 안고서

Why do you do such a stupid thing, you know?
피하지 못할 일도 있는 거야
때가 탄 마음 흐려지는 꿈
이미 익숙해진 미련들의 분리수거
잊을 만하면 자꾸 나타나는 어린 내가
실망한 눈으로 날 지나치며 소리치네

Why do you still envy your childhood?
참기만 할 수는 없는 거야

다들 마음 한 켠에 아직 아이를 못 지우고
어른의 탈을 쓰고 소리 죽여 울곤 해
아직 난 놀고 싶어

비 온다
노래_선우정아
작사_선우정아, 작곡_선우정아

가짜 어른의
위태로운 하루

점점 무채색이 되어 간다.
애써 색칠하지 않으면 삶은 흑백필름처럼 바래져간다.
사소한 것들에 찡하게 반응하지 않는
내 심장이 두려워지는 때가 늘었다.
예민하고, 늘 각이 날카롭게 서 있던 내겐
이제 뚜렷한 모서리가 없다.
입체적이던 삶은 점점 평면화되어 가고,
나는 그것을 내면의 '안정' 내지 '평화'라고 읽는다.

안정과 불안정 사이에서의 갈등.
두 개의 상태가 온전히 공존할 수 있는 삶을 사는 건 불가능한 일일까.
이대로 행복해져버리고 나면 그 행복은 일상이 되고
더 이상 특별해지지 않을 것 같다는 예감.
나는 그 두려움이 싫다.

내 글의 동력은 삶의 정면에서 슬쩍 숨어버린 감정들에 있다.
애써 고개를 돌려야 볼 수 있는 그런 감정의 수집이 힘겨워지는 순간
나는 이대로 멈춰버릴지도 모른다.

시소를 타듯 오가는 감정을 타야 한다.
세속적인 고민과 불안 말고,
늘 새로운 종류의 놀라움이, 긴장이 필요하다.
비가 오는 날 하늘을 향해 입을 벌리며 깔깔거리던
그때의 원초적인 호기심 같은 에너지.

하지만 내내 그럴 수 있을까.
자연스레 나이를 먹고, 자연스레 흐려지는 게 생은 아닐까.
언제까지나 반짝거릴 수는 없을 텐데.
윤기를 잃은 비늘을 가진, 눈이 탁한 물고기처럼
변해가는 게 나쁜 걸까.
세상이란 결국 계속해서 헤엄쳐나가야 하는 바다와 같을 텐데.
끝내 이 바다를 벗어나겠다고 아가미를 버릴 수는 없을 텐데.

아무리 이런저런 고민에 빠져 보아도
이렇게 뻔한 모습으로 때타며 살아서는 안 된다 생각하면서도
감성적으로 현실과 한발 떨어져 세상을 보며 사는
글쟁이가 되겠다고 생각하면서도 사실 나는 안다.

'아직은 더 놀고 싶다'는 생각이 드는 그때,
내 마음은 이미 알고 있는 것이다.
이제 더 이상 마음 편히 놀 수 없는 때가 되었다는 걸.

'아직은 어른이고 싶지 않다'는 생각이 드는 순간

내 마음이 이미 알아버린 것이다.
나는 벌써부터 그렇고 그런 어른이 되어버렸다는 걸.

나는 아직, 비가 오면 하늘을 향해 입을 벌리고
물웅덩이를 겁 없이 걷어차는 어린아이이고 싶다.
하지만 오늘도 저 멀리 나를 바라보고 있는 어린 시절의 나.
나는 그 아이의 눈빛을 애써 피하며, 하루치의 어른을 산다.

가짜 어른의 위태로운 하루.
오늘도 부디, 무사히.

술 취한다 오렌지빛 긴 터널 등
내 얼굴 스캔하듯 지나고
밤공기 흰 달빛에 코끝을 간질이네

촉촉하다 아련하다 눈을 감으면
더 가까이 와 서글픈 얼굴
먼지 자욱이 떠도는 별

꿈이든 아니든 느껴지는 뜨거운 심장 소리
빛이든 아니든 헤매이다 닿을 수 없는
내 가장자리를 끝도 없이 맴돌아가는 아린 별
취한다 밤공기 흰 달빛에 코끝을 간질이네

술 취한다
노래_이규호
작사_이규호, 작곡_이규호

결국

그만큼

슬퍼지는 일

택시 뒷좌석에 앉아 창문에 비스듬히 머리를 기대고
어지러운 도시의 밤을 지나 긴 밤을 지나가면서,

여럿이 시작한 술자리를 끝내고 홀로 집으로 돌아오는 길,
왠지 더 쓸쓸해진 기분이 드는 이유를 알 수 없어
시큰 아파지는 마음을 붙들고서.

이제 이 세상에 없는 친구가 제일 좋아했던 술을
차마 마시지 못하고 멍하니 바라만 보면서

늦은 밤 열어본 창문 밖
어느새 주룩주룩 내리고 있는 빗방울에 손끝을 적시면서

'먹는 술은 눈물로 다시 다 흘러나오는 거야.'
언젠가 친구가 해준 이야기를 생각하며
먹지 못할 만큼의 술을 앞에 쌓아둔 채로
소파에 기대어 앉은 채 새벽을 맞이하면서

상처받고 슬픈 나를 끌어안고 있다가도
끝내, '그 사람에게도 어떤 사정이 있었겠지.'
홀로 술 한 잔을 앞에 두고
애써 그를 감싸주려는 어쩔 수 없는 나라는 사람을 생각하면서

어지러운 머리로 집에 돌아와 침대에 누워
먼지처럼 아른거리는 얼굴을 툭툭- 털어내려 애를 쓰면서

이렇게 사는 게 최선인 걸까.
아닌데. 아닌데.
술 잔 끝을 동그랗게 매만지며
오늘 하루만큼 꿈과 멀어진 나를 실감하면서

그러니까, 이렇게 나이를 먹어가면서

사람도 관계도 마음도 술도
취할수록 아름답지만, 좋아하지만,

결국엔
그만큼 슬퍼지는 거란 생각을 하게 된다.

많이 닮아 있는 건 같으니 어렸을 적 그리던 네 모습과
순수한 열정을 소망해오던 푸른 가슴의 그 꼬마 아이와
어른이 되어 가는 사이 현실과 마주쳤을 때

도망치지 않으려 피해 가지 않으려
내 안에 숨지 않게 나에게 속지 않게
오 그런 나이어 왔는지 나에게 물어본다

부끄럽지 않도록 불행하지 않도록

푸른 가슴의 그 꼬마 아이는 무엇을 잃고 무엇을 얻었니
어른이 되어 가는 사이 현실과 마주쳤을 때

물어본다
노래_이승환
작사_이승환, 작곡_이승환

나에게 던지는
질문

나와 마주친다.

생각 없이 오가는 욕실 거울 속에서,
텅 빈 머리를 안고 서 있는 지하철 안 유리창에서,
간간이 살피는 손거울 속에서,
나를 스쳐가는 타인의 표정 속에서,
내 앞에 앉은 너의 눈동자 속에서,
빈 공간에 적어본 내 이름 위에서.

그리고 묻는다.

나는 괜찮은 '사람'이 되어 가고 있느냐고.

어릴 적 그려왔던 '어른'의 모습에 조금도 가까워지지 못한 채
덜 여문 열매처럼 햇볕을 기다리는 시간들.

나는 많이 자랐으나,
작고 의심과 상처가 많았던 소녀는 아직,

내 안에 있다.
그리고 그 곁에는, 용감하고 부조리에 대응하고,
늘 행동하고, 담대한 눈빛의 소녀가 함께 서 있다.
현실의 나와 내가 되고자 했던 나.

이쯤 되고 보니, 아무래도 어느 쪽으로도
기울어지지 못할 거라는 생각이 든다.
다만 가고자 하는 쪽을 바라보고 있다.
고개를 들고, 어떤 '치우침'에 저항하면서.

그리고 생각한다.
대답할 수 없어도 좋다고
다만, 오래도록 스스로에게 질문할 수 있어야 한다고
그래야, 제대로 살 수 있다고.

물어본다는 것은 내 안에 느슨해진 호흡의 실을 튕기는 일.
심장을 다시금 뛰게 하거나,
세상이 정해준 안전선 밖으로 한 걸음 더 디디게 만드는 일.
문득 가슴에 송곳이 꽂히는 일.
그 날카로움에 절절히 눈물이 나는 일.

질문은, 달처럼 품어져 눈빛으로 맑게 뿜어져 나오는 것.
나이 듦을 지나, 현실 위에 안주함을 지나,
나는 오래도록 그런 눈빛을 가진 사람이 되고 싶다.

나에게 하는 질문이 닳지 않고 늘 새롭게 솟아나는
그런 사람이 되고 싶다.
오늘도 나에게 물어본다.

나는 정말로 괜찮은 사람이 되어 가고 있냐고.

하루 종일 꾸물거리더니 결국 내리네
그 시간이 더할수록 굵은 비가 내리네
이렇게 비가 오는 날이면 비가 오는 날이면
이런 날이면 걸어가는 사람 정지 화면처럼 멈췄네
앞서가는 차도 정지 화면처럼 멈췄네
왜 이렇게 눈물 나는 걸까? 왜 이렇게 숨이 멎는 걸까?
먼지투성이던 서울도 비가 오면 괜찮은 도시

내 시선도 이런 날씨 흉내 내듯 흐렸네
내 눈가도 음- 지금 이 비처럼 내리네
내가 어쩌다 이리됐나
그깟 사랑하나 때문에 내가 이래도 되는 걸까
그깟 여자 하나 때문에

서울도 비가 오면 괜찮은 도시
노래_김현철
작사_김현철, 작곡_김현철

너무 좋아해서

싫은 사람처럼

며칠째 서울에 비가 온다.

밖에 나갈 수도 없는데, 이미 마음은 부지런히 걷고 있다.
너에게로 당장 달려갈 수 있는 방법을 떠올려본다.
지금이 아니면 흩어져버릴 것 같은 말들이 빗방울처럼 내려온다.

서울은 서운. 하고 울적. 한 도시란 뜻인가.
이 도시의 의미를 진지하게 생각하며 보내던 시절이 있었다.
아마도 하루하루 많이 서운하고 울적한 시기였을 것이다.

돌이켜보면 서울은 늘 나를 외롭게 만들었고,
그래서 누군가의 손이나 어깨가 필요하게 했다.
나는 황량한 서울에서 그 서늘함을 피하려 늘 사랑을 했다.
이곳은 그렇지 않으면 견디기 힘든 도시였다.

사랑이 있어서 그나마 견딜 만했다.
사랑 말고는 온전한 내 것이 아무것도 없는
이 도시에선 사랑만이 구원이었는지도 몰랐다.

오늘.
흙빛 빗방울이 튀어 오르는 서울의 한구석에서
나는 아직 내 마음이 가난하지 않음을 알았다.
두근대는 맥박에 가만히 손가락을 얹어보며
나는 머뭇머뭇 사랑, 이라는 말을 중얼거렸다.

빈약했던 나의 맥박이 다시 뜨겁고 커다랗게 움직이고 있다.
가슴이 뛰고, 어지럽고, 손끝에 맺히는 물방울은
이윽고 나의 체온과 비슷해져
피부 속으로 스며든다. 숨처럼, 음악처럼.

나는 너를 이렇게나 사랑하고 있는 것이다.

그리고 이런 생각으로 바라보는 서울은,
비가 오면 정말 꽤 괜찮은 도시다.
여전히 싫어하고, 그만큼 좋아한다. 이런 서울을.

너무 좋아해서
때로, 너무 싫은 사람처럼.

아주 조그만 눈도 못 뜨는 널 처음 데려오던 날
어쩜 그리도 사랑스러운지 놀랍기만 하다가

먹고 자고 아프기도 하는 널 보며
난 이런 생각을 했어

지금 이 순간 나는 알아 왠지는 몰라 그냥 알아
언젠가 너로 인해 많이 울게 될 거라는 걸 알아

궁금한 듯 나를 바라보는 널 보며
난 그런 생각을 했어

아주 긴 하루 삶에 지쳐서 온통 구겨진 맘으로
돌아오자마자 팽개치듯이 침대에 엎어진 내게

웬일인지 평소와는 달리 가만히 다가와
온기를 주던 너

b

지금 이 순간 나는 알아 왠지는 몰라 그냥 알아
언젠가 너로 인해 많이 울게 될 거라는 걸 알아

언젠가 너로 인해
노래_ 가을방학
작사_정바비, 작곡_ 정바비

작고
따뜻한

온기에 기대

강아지에게 슬픔을 들키기 싫어 문밖에서 눈물을 다 흘리고
집에 들어가는 사람이 있다.
한동안 자신의 슬픔이나 우울을 하나둘 털어낼 수 있는 출구로
강아지를 택했던 게 너무나 후회된다며, 또 눈물을 뚝뚝 흘리는 사람.

아무것도 모르는 줄 알았는데 어느 날 우울증에 걸려버렸다는 강아지.
의사는 강아지와 많은 시간을 보낼 것, 자주 다정한 말을 걸어줄 것,
그리고 차분히 스킨십을 늘려갈 것 등의 처방을 내렸다.

그가 깊은 우울에 시달리며 푸른 어둠에 둘러싸여 있는 동안,
그의 강아지도 함께 아파가고 있었던 모양이었다.

껌뻑껌뻑 관심 없다는 듯 바라보기에,
그냥 생각 없는 인형인 셈 치고 자신의 속내를 밤새워 털어놓았는데
그의 우울이 서러움이 하나둘 강아지에게
병이 되어 쌓여가고 있었던 것 같다며 그는 후회했다.

"너에게는 나뿐이라는 생각을 못했어. 미안해."

처음으로 강아지에게 진심으로 사과의 말을 건네보았다는
그의 눈빛은 촉촉했다.
나는 그 촉촉함이 참 예쁘다, 고 생각했다.
그리고 그 사람의 손을 꼭 잡으며 말해주었다.

"잘못은 했지만 말이야. 너도 너무 외로웠잖아.
그러니까 내 말은…… 이제 괜찮을 거야. 너도 강아지도."

그날 이후로 그는 일부러 많이 웃었다.
되도록 긍정적인 마음을 가지려고 노력했고, 우울을 토로하는 날에도
"뭐 그렇긴 했지만 견딜 수 있을 거야. 그렇지?"
강아지에게 또 스스로에게 괜찮다는 위로를 건네며
이야기를 마무리 지었다.
거짓말처럼, 그는 점점 나아져 갔다.
눈빛이 미소가 모든 걸 말해주고 있었다.

'언젠가 너로 인해 많이 울게 될 거라는 걸 알아' 라는 가사를 듣고
꼭 자기 마음을 들킨 것 같아 욕실에 숨어 또 한참을 혼자 울었다는
그의 이야기는 그래서 이 노래처럼 따뜻하고, 아팠다.

아마도 영원히 잊지 못할,
분명히 나보다 먼저 눈을 감을 이 작고 따뜻한 온기.
예정된 헤어짐을 안고 지극히도 사랑하며 살아가야 할 사이.
강아지와 나.

오늘도 그는 강아지를 행복하게 해주기 위해
스스로 행복해지기로 한다.
어쩌면 우습다고 하겠지만, 누군가의 세계를 뒤바꾸어버린
그 사랑은 결코 그렇게 쉽지도 가볍지도 하찮지도 않다.
분명히, 그렇다.

영원한 신뢰, 믿음, 사랑, 보호, 위로와 안정.
말랑거리는 강아지의 따뜻한 발바닥을 생각하며,
나는 문득 그런 단어들을 떠올렸다.
반짝반짝 빛이 나는 단어들.

이 밤, 이 단어들을 다 끌어다
강아지와 그 사람에게 덮어주고 싶어진다.
착하고 완만한 그들의 등 위로. 이 노래와 함께.

그곳에서는
어제와는 다른

나를 만날 테니까

이제 천천히 지쳐가는 우리들의 여행
서로에게 등을 기댄 채 무표정한 얼굴

점점 잊혀져만 가는 우리들의 처음
빛바랜 낡은 지도와 녹슨 나침반

쉼 없이 달려온 기나긴 이 길 위에
한 번쯤은 우리를 둘러싼 이 모든 걸
가볍게 웃을 수 있다면

everything is ok, everything is alright
따사로운 태양은 음 지친 나를 비추고 있어

everything is ok, everything is alright
스쳐가는 풍경은, 언제나 우릴 미소 짓게 해

Everything is ok
노래_페퍼톤스
작사_페퍼톤스, 작곡_페퍼톤스

초라하지만

투명했던

날들

서른의 중반에 다다른 어느 밤, 나는 종종 그 여행을 기억해보곤 해.
아주 많은 기차를 타고, 신발 밑창이 다 닳아 낯선 나라의 신발가게에서
처음 보는 사이즈 단위의 신발을 사 신고,
약국에 들어가 손짓과 발짓을 해 약을 구입하고 스스로를 치료하며
그렇게 많은 것을 잃어버리고 많은 것을 얻게 되었던 그 시간들.
우리는 지도보다는 마음을 따라다녔고, 발끝엔 늘 커다란 물집이
잡혀 있었지만 그 고통은 왠지 달콤했어. 싫지 않았지.

낯선 침대에서 눈뜨는 아침은 늘 설레었어.
오늘은 무슨 일이 일어날까 기대하게 했거든.
살며 그럴 수 있는 순간이 얼마나 될까 생각해봐.
오늘 나에게 어떤 일이 일어나게 될지,
내가 무엇을 보게 될지 기대할 수 있는
아침이 나에게 얼마나 있었는지 말이야.
우리는 지금 아무런 기대 없는 아침에 지쳐 있잖니.

이십 대의 마지막. 여행의 막바지에 다다랐을 때
우리는 많이 지쳐 있었어.

서로의 등에 등을 기댄 채 말없이 앉아 있는 시간이 늘었거든.
서로의 얼굴을 볼 수 없었지만 아마도 우리 모두
비슷한 표정을 하고 있었을 거야.
향수가 가득한 눈에는 그리움이 그렁그렁했겠지.
그때 우린 모두 향수병을 앓고 있는 집에 가기 싫은 사람들이었거든.

그러다 누군가 걷자! 하고 소리치면 다시 일어나
툭툭 털고 다시 길을 나섰지.
그때 난 그런 생각을 했던 것 같아.
'걷자!' 하고 소리쳐주는 누군가 늘 내 곁에 있다면 외롭지 않겠다고.
어떻게든 다시 일어나 걸으며 살 수 있지 않을까 하고 말이야.

걷자. 그건 가끔 사랑한다는 말로 들려.
널 지켜주겠다는 말로, 영원히 내 곁에서 떠나지 않겠다는 말로 들려.
살며 수많은 여행이 있었지만 이십 대의 마지막 여행만큼
사랑스러운 여행은 다신 없을 것 같아.
나이를 말할 때 스물, 로 시작하는 그때만이 가질 수 있는
어떤 마음의 색채가 있기 때문이겠지.
그 여행을 끝으로 우리는 말없이 서른이 되었어.
달라진 건 없었고, 삶은 역시 지루하거나 늘 불안했지.
서른이었지만 나는 아직 사춘기 시절을 벗어나지 못한
철없는 어린애 같았고,
어른이란 이름을 갖는다는 게 늘 두려웠어.
어떤 '자격' 같은 게 나에겐 늘 모자란다고 생각했지.

출근을 하고 사람들 속의 외로움을 견디고
출출한 배를 안고 집으로 돌아올 때.
문득 내 집 앞에 선 그 기분이 낯설게 느껴질 때.
혹은 너무 권태로워 견딜 수가 없을 때.
내 안의 나는 바뀌지 않는데, 나를 보여주는 숫자들은
자꾸만 바뀌어갈 때의 그 당혹스러움 때문에 어쩔 수 없을 때.
결국 이렇게 하는 수 없이 어른이 되어 가는구나, 하고 느낄 때.

그럴 때마다 눈물이 핑- 도는 건 어쩔 수 없는 일이었지.
준비되지 못한 어른은, 늘 이렇게 자주 울면서 자라나는 법이니까.

하지만 어느 날, 어느 아침, 문득 눈을 뜨면
이십 대의 마지막 여행의 낯선 침대가 생각나.
낯선 공기 속에서 살며시 커튼을 열어보던 그 설렘이.
변하지 않겠다고, 이대로 어른이 되지 않아도 좋다고 생각했던
그때의 나를 말이야.

이제 때로 거울 속의 나를 들여다보는 일이 두렵기도 하지만,
위로되는 게 있다면, 이십 대 그 여행들의
초라하지만 투명했던 아침들이야.
나에겐 그런 아침들이 있었어. 그것만으로도 괜찮다고,
그런 생각이 들어.

우리 많이 힘들었지만, 겨우 이렇게 흘러왔지만

난 그렇게 생각해.

아프고 힘겨웠던 순간들만이 결국, 우리를 웃게 한다고.
언젠가 뒤돌아보며 지을 수 있는 한 번의 미소. 그거면 된다고.

삶이 여행이 되는 것도, 여행이 삶이 되는 것도 나쁘지 않다고.

그러니 아직 어른이 될 필요가 없는 넌, 떠나도 좋아.
가난하고 맑고 투명한 열정이 가득한 그 아침들을
만나고 돌아오기 위해서 지금 당장 말이야.
삶에 대해 아직은 막연한 두려움이 생길 때,
그 두려움이 더욱더 구체적인 모습이 되기 전에.

네가 여행을 떠나기로 한 한 모든 건 다 괜찮을 거야.
다 좋을 거야.
기억할 수 있는 행복이 많은 사람은 절대로 가난해지지 않아.

Everything is ok.
Everything is alright.

아무도 없는 파란 새벽에
차가운 바람 스치는 얼굴

불안한 마음과 설렘까지
포기한 만큼 넌 더 이상 쓰러지지 않도록

또 다른 길을 가야겠지만 슬퍼하지는 않기를
새로운 하늘 아래 서 있을 너 웃을 수 있도록

어색한 미소 너의 뒷모습
조금 상기된 너의 얼굴 이젠
익숙한 공항으로 가는 길

공항 가는 길
노래_마이 앤트 메리
작사_정순용, 작곡_정순용

그곳에서는 어제와는 다른
나를 만날 테니까

야간비행을 좋아한다.
'밤 비행기'라는 말을 꺼낼 때마다 나는, 아직 입술이 달다.
계속해서 말해보아도 계속해서 가슴이 뛰는 말.
night flying

그 '밤 비행기'를 타러 공항으로 가는 길엔 언제나, 노을이 진다.

혹시나 인사하지 못한 사람은 없는지 전화기 속의 이름들을
하나하나 읽어 내려가는 시간.
생각해보니, 같은 시간대를 살고 있어도
다른 시대를 사는 것처럼 연락이 없는 사이가 대부분이다.

서로의 과거 속에서만 존재하는 사이에서
그깟 현실의 일곱 시간 차이쯤이야.

나는 그들에게 인사하지 않기로 한다.
다만 돌아와, 그간 잘 있었냐는 안부를 먼저 묻기로 하면서.

나를 실은 비행기는 열네 시간을 날아 밤새 날짜 변경선을 통과해
해가 뜰 무렵 나를 낯선 장소에 내려줄 것이다.
한껏 밤에게 안기어 이동되는 시간,
마음껏 네이비블루의 밤에 물드는 시간.

주머니 속은 불안하지만, 딱히 정해진 계획도 없지만
아직 아무것도 되지 못한 내가 이렇게 무책임하게
떠나도 되는 걸까 조금 두렵기도 하지만,
더 이상 여행 속에서 새로운 꿈을 발견하지도 않게 되었지만,

돌아왔을 때의 나는 떠나기 전의 나와는
분명 달라져 있을 테니, 괜찮다.

이 야간비행 속 파란색 어둠을 촘촘히 마시고
나는 조금 더 용감해져 있으리라. 담담해져 있으리라.
분명 어제와는 다른 눈을 갖게 되리라. 몇 푼의 돈보다 소중한.

공항 가는 길 위에서 오늘도 이 노래를 듣는다.
잊혀가는 시간과 다가오는 시간이 두렵지 않아진다.
나를 잊은 사람과 내가 잊은 사람들 역시 생각하지 않기로 한다.

이 비행의 터널을 지나
새로운 하늘 아래 서 있을 난, 웃을 수 있을 테니까.

서둘러 올라선 밤기차에
말없이 무표정한 사람들
구석진 창가에 내 몸을 묻은 채
또 난 난 나는 떠난다

조금씩 멀어지는 도시와
이윽고 낯설어진 이정표
어디서 끝이 날지 모르는 여정
또 난 난 나는 떠난다

떠나온 걸까 떠나가는 걸까
옅은 잠에서 눈뜨면 또 어딜까
그곳에서는 찾을 수 있을까
또 난 난 나는 떠난다

끝없이 덜컹이는 기차에
맥없이 흔들리는 사람들
풍경에 덧입혀진 지친 내 모습
또 난 난 나는 떠난다

떠나온 걸까 떠나가는 걸까
돌아갈 곳은 이미 내게 없는데
언제쯤 나는 머물 수 있을지

Train

노래_베란다 프로젝트

작사_김동률, 작곡_김동률, 베란다 프로젝트

까만 밤.

우리는

같은 공간에

앉아

고독과 쓸쓸함에도 색이 있다면,
그중 내가 제일 좋아하는 고독과 쓸쓸함의 색깔은
야간열차의 창가 자리 바로 그곳에 묻어 있어.
어둠이 내린 도시를 천천히 떠나기 시작하는 야간열차.
낮은 조도로 그 안을 비추고 있는 작은 조명,
그리고 그 밑에 앉아서 창가에 반사되는 내 모습을 바라보는 그 시간.

조용한 기차 안에는 피로와 긴장이 뒤섞인 표정의
사람들이 묵묵히 앉아 있어.
서로 눈을 마주치지 않지만, 모두 알고 있지. 많이 지쳐 있다는 걸.
지금 모두에게 필요한 건 침묵과 고요. 그리고 따뜻한 담요와 깊은 잠.
그리고 잘 다녀오라는 누군가의 목소리.

어디론가 다시 떠나가거나 이제 막 도착하게 될 사람들.
그들의 머리 위에 떠 있는 고독과 쓸쓸함의 색을 바라보는 일을 좋아해.
뜨겁게 증발해 차가운 결정으로 맺힌 그리움들은
밤안개의 고요함을 닮아 있어.
어째서 이렇게 까만 밤, 우리는 같은 공간에 앉아

어디론가 함께 이동하는 운명으로 만나게 된 걸까.
그 우연을 생각하면 모르는 모두의 손등을
하나하나 쓰다듬어주고 싶기도 해.

열차가 서서히 움직이고, 객차 내 조명이 모두 어둡게 내려지고 나면
까만 창밖이 되려 밝아져.
주위 사람들이 잠에 들 그 무렵 내 눈은 반짝 떠지고,
창밖엔 하나의 스크린처럼 이야기가 펼쳐지기 시작해.
그리고 내가 고독과 쓸쓸함이란 이름으로 찾아둔 밤의 색깔들이
그 이야기에 색을 입히는 거야.
밤의 색으로 지은 옷을 입은 이야기들은
전과는 분명 다른 표정을 하고 있어.

그 이야기 속에서 나는
스물일곱, 아직 아기인 언니를 데리고 야간열차를 탄 채
어디론가 떠나고 있는 엄마의 곁에 앉아 눈물을 닦아주기도 하고,
온종일 울고만 다니던 열여덟 살의 나를 찾아가 안아주기도 하고,
열아홉 내가 살던 곳의 오랜 역사에서 나를 마중 나올 아빠를 기다리던
어느 밤의 내 뒷모습을 지켜보기도 해.

내가 안아주지 않으면 안 되는 기억들이 얼마나 많이
내 안에 소리 없이 숨어 있었는지.
나는 얼마나 많이 상처받은 사람이었는지.
까맣고 고요한 야간열차 안에서, 나는 그렇게 나와 마주 앉게 돼.

나를 안아주게 돼.

창밖으로 하얗고 둥근달이 나를 쫓아오듯 비춰주고

그 아래 그렁그렁 올라오는 눈물방울들을 말려가는 내가 있어.

눈물이 흐른다는 건, 이미 그 상처를 받아들였다는 것.

고통은 이미 지나갔다는 것. 곧 그 위에 새살이 앉을 거라는 것.

그렇게 목적지에 닿는 동안 나는 다시 말간 얼굴로

차창에 비친 나와 눈을 맞추고 있어.

괜찮다, 괜찮다고 말해주다 보면 어느새 정말 괜찮아져.

까만 저 창밖에 나의 우울과 슬픔쯤은 더 던져 넣어도

괜찮을 거란 생각이 들어. 편안해져.

그러니까 말이야. 마음껏 쓸쓸하고 싶을 땐, 야간열차를 타.

그리고 잠들지 않은 채 그 밤을 통과하는 거야.

그렇게 눈물을 흘려보기도 다시 웃어보기도 하는 거야.

그 밤의 색을 기억하는 거야.

까만 밤 사이를 가만히 통과하는 동안

나의 이야기들과 담담히 눈을 맞출 수 있는

그 시간을 언젠가 너는 진짜 '여행'이라고 부를 수 있을 테니까.

오늘도 야간열차는 모든 승객들의 눈물과 쓸쓸함과 달콤한 피곤을

까만 창밖에 흩뿌리며 레일 위를 달리고 있어.

어두운 밤하늘 위에 흰 유성 하나 떨어지듯이.

까만 너의 눈물 점 위에 투명한 눈물방울 하나 가로지르듯이.

그 밤 일은 자꾸 생각하면 안 돼요
우리가 다시 만날 수도 없잖아요
그 밤 일은 자꾸 생각하면 안 돼요
그럴수록 더 슬퍼져요

우린 취했고 그 밤은 참 길었죠
나쁜 마음은 조금도 없었죠
실끝 하나로 커다란 외투 풀어내듯
자연스러웠던 걸 우린 알고 있어요
우린 어렸고 무엇도 잘 몰랐죠
서로 미래를 점칠 수 없었죠

오랜 뒤에도 이렇게 간절할 거라곤
그땐 둘 중 누구도 정녕 알지 못했죠
오랜 뒤에도 이렇게 간절할 거라곤
그땐 둘 중 누구도 정녕 알지 못했죠

b

I
0

STOP

🔔

Before sunrise
노래 _ 이적, 정인
작사 _ 이적, 작곡 _ 이적

그날, 그 밤,
그 사랑

그날 밤의 첫인사는 hola.

나는 짧고 명료한 그 인사말이 참 마음에 들었어.

그날 밤의 맛은 알맞은 분홍의 하몽과 가스파초

그리고 산뜻한 샹그리아.

이 나라에 와 한 번도 음식 때문에 행복하지 않은 적이 없었다는

나의 말에 너는 아직 먹어봐야 할 게 너무나 많다고 말하며 웃었지.

오래 머물러준다면 함께 가고 싶은 식당이 많다고도 했어.

그날 밤 지중해의 지평선 끝에 걸린 노을은 참 예뻤어.

떨어진다. 떨어진다. 몇 번쯤 중얼거렸을까,

이윽고 바다 속으로 저녁 해가 사라지던 순간,

우리는 쨍, 건배를 했지.

찰랑, 하고 흔들거리던 유리잔 속의 보랏빛.

난 아주 잠시 이 달콤함이 조금 위험하다고 생각했던 것 같아.

그날 밤의 리타 칼립소. 나는 그녀의 목소리를 사랑한다고

서너번 쯤 너에게 말했지.

허름한 야외 카페의 스피커에서 나오던 그녀의 노래는 밤의 바람을 타고

저 먼 바다로 흘러 들어가 다시 하얀 파도로 밀려오고 있었어.
그날 밤의 눈동자. 가슴속으로 떨어져내리던
수백 개의 물음표와 느낌표와 말줄임표들……
그날 밤의 풍경은 그랬어. 수많은 설렘과 감탄과 고백.
할 수 없는 말들이 하늘의 별만큼 총총히 떠 있었어.
나는 두근거리는 마음으로 그것들을 바라보기만 했지.
이렇게 그림 같은 순간이 내 삶에도 있을 수 있다니,
새삼 나의 생에게 고마워지기도 했어.

곧이어 사람들은 이윽고 자리에서 하나둘 일어나
서로의 어깨에 팔을 올리고 느린 춤을 추기 시작했어.
그 모습을 보는 일이 너무 좋아 울 것 같은 얼굴로
앉아 있는 내게 너는 춤을 추겠냐고 물었고,
나는 대답 대신 자리에서 일어나 네게 손을 내밀었지.
sabor a mi. 그 순간, 나의 느낌.

그날 밤 느리게 웃으며 걷던 시체스의 해변.
"파도소리만 들으며 걷는 것도 괜찮아."
너의 말에 우리는 말없이 걷기만 했어.
모래를 파고드는 발가락의 느낌이 좋았어.
잠시 멈춰 서 뒤를 돌아보았을 때, 파도에 지워지는
우리의 발자국을 보면서 나는 왠지 모르게 서운했던 것 같아.
막연히 어떤 미래를 예감한다는 건, 누구에게나 쓸쓸한 일이겠지.
슬픈 예감은 늘 적중해버린다는 걸 나는 너무 잘 알고 있었는지도 몰라.

화려한 조명의 밤. 작은 도시의 불빛들.
더 이상 낯설지 않은 너. 그리고 나.
그날의 마지막 인사는 adios. 그리고 ciao.
나는 몇 번이나 되돌아보았고,
너는 그 자리에 서 있는 채로 조금씩 멀어졌지.

그날 밤. 그 밤.
그러니까 나만 빼고 세상 모든 것들이
그건 사랑이라고 외쳐대던 그날 밤.

그때는 몰랐던 거야.

지금의 안녕. 하는 이 인사가 어쩌면
너와 나의 마지막 인사가 될 수도 있다는 걸.
단 하루의 밤이 때로, 생의 모든 순간들을 지배하기도 한다는 걸.

언제부터 넌 말했지 노을을 보러 가고 싶다고
나도 거길 기억해 그때 보았던 그 노을

진주홍빛 구름들로 덮여버렸던 하늘과 바다
믿을 수 없이 컸던 붉은 태양이 잠기던

누군가가 말했다지 슬픔은 노을을 좋아해
하지만 우리들은 아직 기억해 그 평화

이 순간 감사해 내 옆에, 너를 노을이 물든 너를
이 순간 감사해 내 옆에, 너를 노을이 물든 너를
조용히 다가온 푸른 밤하늘,
어느새 초저녁 별이

b

바람 부는 애월포구, 작은 산책로 벤치에 앉아
할 말도 모두 잊고, 애월낙조에 물들어

애월낙조
노래_장필순
작사_최성원, 작곡_임인건

당신과 나.

수많은

노을의 시간들

노을이 질 때 우리의 말은, 사라진다.
말이 사라진 자리엔 당신과 나의 체온만 남는다.
지금 내 곁에 살아있는 사람. 나의 손을 잡아주는 사람.
온기를 주는 사람. 당신.

살며 만난 당신과 나의 수많은 그 노을의 시간들을
어떻게 잊을 수 있을까.

노을이 지나간 자리엔 하얀 별이 촘촘하게 뜨고
어둠이 내린 바다에선 이제 보이지 않는
파도소리가 따뜻하게 들려온다.
까만 저 어딘가에서 여전히 푸르게 움직이고 있을 바다를 생각하며
나는 때마다 오래도록 잠들지 못한다.

해를 삼킨 바다는 아마 낮보다 따뜻할지도 모른다거나
바다의 품에 안긴 해도 그때만은
깊이 눈을 감고 잠에 들 수 있을지도 몰라.
낙서 같은 생각의 시간들.

그러다 어느 순간,
나는 이불을 걷고 나와 창가에 앉아 메모하기 시작한다.

사랑은
주홍빛 하늘. 낮의 뒷모습. 밤의 첫 얼굴.
'노을'이라는 예쁜 말.
그리고 내 옆에 잠든 당신.

고개를 들어 바라보니
저기, 곤히 잠든 당신의 얼굴 위에 달빛이 내려와 앉아 있다.

그 모습을 바라보다 나는 문득, 당신과 노을처럼 지고 싶다고 생각한다.

아름답고 잔잔하게, 붉고 붉다가, 이내 푸르고 따뜻하게.

눈부신 햇살 함께 눈을 뜬다
너와 꼭 해보고 싶던 한 가지
조금은 부끄럽게 난 웃음 진다
초콜릿처럼 달콤한 너의 키스

나란히 또 나란히
낯선 도시 속에 둘만의 밤
머리 위에 너의 하늘은 나의 하늘
모두에게 이젠 너의 이름은 나의 이름

끝없이 끝도 없이 걸어가네
그대 어깨 위에 기대어
불어오는 너의 향기는 나의 향기

언젠가 뒤돌아보면
제일 행복한 순간 지금일 거야

#
Bon Voyage
노래_TOY, 조원선
작사_유희열, 작곡_유희열

언젠가 네가
내 옆에 없다고 해도

그날 밤 우리는 오래 걸었다.
가을이 끝을 달리고 있음을 짙은 남색 하늘에 날리는
옅은 입김으로 알았다.
그때 나의 왼손은 그의 오른쪽 주머니 속에 들어 있었고,
나는 이 손을 내내 넣은 채로, 저 골목 끝의 카페에 앉아
진한 와인 한잔을 마시고 싶다고 생각했다.

그 여행 내내 내게 사랑은 어디에나 있는 것이어서
나는 자주 현기증을 느꼈다.
가을은 분명 싸늘한 계절인데, 어쩐지 초봄의 온도 같았고
어디선가 작게 꽃망울이 터지고 있을 것 같은 기분이 들었다.
내 마음속에서 따끔, 새순처럼 틔워지던 설렘 때문이었는지도 몰랐다.

"낯선 여행지의 밤을 걷는 게 좋아.
조용한 골목에 우리 둘만 걷는 소리가 울리는 것도.
화려했던 거리가 가로등 불빛으로 잔잔해지는 시간도 마음에 들어.
저 멀리 에펠탑이 반짝이는 걸 어디선가 바라보는 기분을 상상하면,
가끔 심장이 콩콩 뛰어. 좋아 죽겠어."

나는 고백을 하듯 이야기했고, 그는 "나도."라며 간결하게 웃었다.

그때, 그렇게 웃을 때,
파리의 가을바람이 우리의 머리칼을 간지럽혔고,
우리는 행복할수록 말이 없어졌다.
이따금 그는 내가 멈춰 서면 함께 멈춰 섰고,
풀어져내린 머플러를 고쳐 매주며 "춥지 않아?"라고 물어보았는데,
나는 그런 그에게 자꾸만 입을 맞추고 싶어 힘이 들었다.

아마 PASSY 역 근처의 어디쯤. 어두워진 거리 어디에선가
'이건 뭔가 파트릭 모디아노스러운 풍경'이라며
서로 웃던 순간이었을 것이다.
저 멀리 센 강 위, 달빛이 뿌려진 수면 위를 가르는
바토무슈와 반짝이는 에펠탑이 보였다.
우리는 한참을 그렇게 멀리서 에펠탑을 바라보았다.
이렇게 멀리서 바라보는 것도 꽤 멋지다고 생각했다.
이만큼의 거리에서만 느낄 수 있는 아름다움이 분명히 있다고.
한참을 말없이 그렇게 같은 곳을 바라보았다.
같은 음악을 듣고 있는 사람들처럼, 같은 풍경을 바라보며
마음이 간지러웠다.

그렇게 한참을 서 있던 우리는 나란히 서서 멀리 보이는
에펠탑을 배경으로 사진을 찍기로 했다.
하지만, 야경사진을 제대로 찍기에 우리의 두 손은 너무나 설레었고

그래서 사진은 자꾸만 흔들렸고,
결국 우리는 또렷한 사진을 남기지 못했다.
그렇게 깔깔깔 웃으며, 왜 흔들릴수록 사진이 예쁜 거야? 하며
서로의 눈 속에 생겨난 물음표를 기쁘게 바라보았다.
흔들린 파리의 야경은, 또렷하지 않아 더욱 아름다웠고
왠지 파리답다, 는 느낌을 주었다.

우리는 여행이 끝나면, 흔들렸던 이 사진들을 이어 붙여
한 장씩 나누어 갖기로 했다.
스쳐가듯 흔들린 사진 속에 그와 나의 웃음소리와 떨림이
그대로 찍혀 있겠지.
생각하니 단 한 장도 지워버릴 수가 없었다.
우리는 무의식적으로 저 먼 불빛을 따라 걸었다.
어쩌면 이렇게 걷다 새벽을 맞이해도 좋겠다는 생각이 들 때쯤,
나는 말했다.
"우리, 에펠탑에 가지 말까?"

그는 고민도 없이 내 말이 동의했고,
우리는 그대로 근처의 카페에 들어가 와인을 마셨다.
여전히 저 멀리선 에펠탑이 반짝였고,
건너편의 소란스러움과 반대로
이곳은 무척 차분하고 조용했다.

"있잖아, 이 여행이 오늘 이 밤이 앞으로 평생 내 마음을

위로해줄 것만 같아.

만약 언젠가 네가 내 옆에 없더라도 말이야.

오늘 이 밤의 풍경에게 오랫동안 기대어 살 것 같아.

누군가의 손을 잡은 것처럼."

"나도."

그는 역시 간결한 목소리로 대답했다.

그리고 나는, 나도 모르게 먼저 입을 맞추어버렸다.

그대로 된다고 생각했다. 지금 나는 파리의 밤하늘 아래 서 있으니까.

정말로, 사랑을 하고 있으니까.

가끔 잠이 오지 않는 밤이면, 그날 그 밤의 파리를 생각한다.

그날의 온도와 그날의 냄새와, 멀리 에펠탑의 반짝임과

우리의 흔들린 사진들을.

그리고 또 생각한다.

뒤돌아본 그곳에, 그날 그 밤이 있어 다행이라고.

사랑하는 사람과 사랑하는 장소에서,

정말로 사랑하고 있다는 느낌을 받던 순간이 내 생에 있음에 안도한다.

지금 세계 곳곳, 다른 시간 속 여행의 밤 안에 있는 연인들은 알까.

중요한 건, 에펠탑도 트레비 분수도 구엘공원도 아니라는 걸.

낯선 도시 어느 곳에서, 아무도 우리를 모르는 곳에서 충족된 마음으로

사랑하는 사람의 두 눈을 오래도록 바라보는 일.
그리고 그 사랑을 감추지 못해 먼저 입을 맞추고 마는 일.
그날의 은은한 밤하늘과 바람의 냄새를 기억하는 일.

진짜 여행은 그런 순간들을 만들고,
훗날 떠올리며 지어보는 미소 안에 있는지도 모른다는 걸.

푸른 바다 제주의 언덕
올레길마다 펼쳐져 있는 그리움을 따라
무얼 찾으러 이곳에 온 걸까?
너는 혹시 알고 있니?

얼마나 더 걸어야 할까?
비, 바람 불고 모진 계절이 힘겨울 때마다
가만히 나를 안아주던 네게
다시 기대어도 되니?

사랑스런 노란 꽃들은
파도 소리와 바닷바람을 끌어안고서
다시 그들의 노래를 들려주려고 해
너도 같이 들었으면 해

나는 여기에 있을게

유채꽃
노래_에피톤 프로젝트
작사_에피톤 프로젝트, 작곡_에피톤 프로젝트

그 섬은 내게

애써 말 걸지 않았다

바람은 유난히 불었지만 유쾌했고, 온도는 적당했다.
미지근한 물에 발을 담그고 적당히 딴 생각을 할 수 있는 시간처럼,
시간은 우리 주위를 서성거렸고, 말 걸지 않았다.
시간을 잊을 수 있어 좋았다.
모른 척해도 되어 좋았다.

해안을 따라 차를 몰았고, 마음에 드는 곳에 내렸다.
끝없는 파도에 매 순간 살을 쓸리는 현무암은
동그랗게 무뎌지고 있었다.
이런 부드러움을 닮고 싶다고 생각했다.

바람이 자꾸 불어와 머리칼을 어지럽혔고,
어느 순간에는 눈물이 자주 나왔다.
마른 뿌리 사이에 물이 내려오는 일.
그 가득 참. 나는 그 순간 내 눈물이 그런 것이라는 생각이 들었다.

누구나 얼마간은 모든 걸 뒤로 하고 말없이 내려와 앉고 싶은 곳 제주.
며칠을 내려와 있다가, 이내 마음을 빼앗기면 사는 곳을 접고,

이곳에 새로운 살림을 부리고, 새 땅을 밟고,
새로운 상처와 기쁨들을 만들며 살아가게 되겠지.
나는 자주 그런 삶이 허락되는 사람들의 마음에 대해 상상했다.

아침의 안개와, 변화로 가득한 하늘과, 이른 일몰과,
크고 작은 바람과, 작고 예쁜 눈빛 같은 귤나무와,
푸르고 투명한 바다.

너의 행복한 얼굴을 보는 게
나에게 얼마나 커다란 행복이 되는 일인지 알았다.

낯선 땅은 때로, 그런 진심의 얼굴을 알게 해주니
이따금 떠나는 일은 분명 소중한 일이다.

내년에도 다시 오자고 이야기했지만,
우리들의 '첫' 제주는 아마 그곳에 없을 것이다.

겨울을 무사히 나고, 따뜻한 봄이 오면,
그때 또다시는 없을 '두 번째' 제주를 만나게 되겠지.

우리에게 매일이 새로운 얼굴이듯이.
같은 '일상' 이란 어쩌면, 존재하지 않듯이.

10월. 제주에 닿다.

거기선 모두가 노랠 하고 산대요
부서지는 파도 앞에 살면서
가장 낯설은 도시, 가장 익숙한 그대와
어때요 멋질 것 같죠

여기선 다 못한 우리 비밀 얘기들
크게 나누면서 걸어 다닐래
이건 외워주세요, hola muchacha Hermosa

아침마다 말해줘요

Havana, you're my Havana
그대의 미지의 그 눈빛
Havana, 언제나 설레임
그대의 존재는 날 꿈꾸게 해

너무 정신없이 바쁠수록 소중한
그대와 마주한 짧은 순간들
기다릴 누군가가 있는 하루는 행복해
반쯤은 들뜬 내 모습

Havana
노래_아이유
작사_김이나, 작곡_전정훈

당신이 결국 나를
발견할 줄 알았다고

아마 햇살은 따갑도록 눈이 부실 거야.
그곳의 파도는 내 키의 두세 배쯤.

거리엔 음악이 넘쳐흐를 거야.
사람들의 목소리엔 멜로디가 들어 있어,
말을 할 때마다 노래 같은 언어가 들려올 거야.

나는 한가한 거리의 카페 안에 앉아 럼을 가득 부은
피냐콜라다를 마시며 스트로를 빙빙 돌리고 있을 거야.
딱히 할 일은 없지만 무언가 하지 않아도 마냥 좋은 시간.
아마도 얼굴은 내내 웃고 있을 거야.

체 게바라와 헤밍웨이 모히토와 말레꼰의 파도.
겁이 날 만큼 넘치는 에너지의 Havana.
그렇게 밤이 내리면 여기저기서 들려오는 룸바와 볼레로 리듬으로
거리는 진짜 얼굴을 드러낼 거야.

나는 혼자 멜로디를 흥얼거리며 거리의 밤에게 허리 숙여 인사할 거야.

기억하니? 오마라 푸르투온도. 우리가 한때 사랑했던 여인.
그녀의 목소리를 따라 어느새 여기까지 오고 말았다고,
스물다섯의 내 모습은 이제 기억나지 않지만 슬프지 않다고,
나는 보이지 않게 낙서할 거야.

거리를 걸으며 내게 말 걸어오는 모르는 사람들에게
나 역시 모르는 언어로 대답할 거야.
'나를 귀찮게 하지 말아요. 나의 밤을 방해하지 말아요.'

그래, 내가 그렇게 행복해 취해 걷는 그때,
너는 아마 나를 발견하게 될 거야.
거짓말처럼 내 앞에 서서 인사를 건넬 거야.
hola viajero solitaria.
마주친 우리의 두 눈에 반짝 눈물이 지나갈 거야.

그날 밤은 아마 오래도록 길고,
달은 지지 않고 별은 영원할 거야.

새하얀 이불 위에 누워 나는, 당신을 만나기만 하면
내가 서 있는 곳이 늘 다른 세상이 되는 이유를
그때는 몰랐었다고 웃으며 말할 거야.
당신의 미소 안에 들어 있던 푸른 바다를 잊지 못해
여기까지 홀로 떠나오고 말았다고. 그렇게 얘기할 거야.

당신이 결국 나를 다시 발견할 줄 알았다고,
밤이 내린 카리브해를 바라보며 빛나는 눈빛으로 이야기할 거야.

눈물이 흘러 부끄러워지더라도 끝까지, 끝까지 고백할 거야.
언젠가 우리 다시 만난다면, 정말 그럴 수 있다면.
Havana의 밤 우리가 다시 사랑할 수 있다면.

같은 시간에
우리는 어쩌면

서로를

불 켜진 동네 거리를 지나
시나브로 밝아오는 자정의 골목으로
천 년을 기다린 마음으로
난 단숨에 당신으로 달려 들어갔지

지난 시간의 토막들아
단 하나도 가지 않고 남아 있었구나
고즈넉이 마음을 데우며
그 추억을 세월을 지켜주고 있네

나 그때는 뜨거운 체온으로 무장한 내 눈빛
몸집만 한 선물보다 더욱 컸던 내 마음

그건 사랑이었지
그건 사랑이었지

그건 사랑이었지

노래_루시드 폴

작사_루시드 폴, 작곡_루시드 폴

'사랑'이라고 말하고 싶은 것들

낯선 땅에 도착해 낯선 공기를 들이마시고
세상에서 가장 아름답다는 풍경 앞에 서서도
좀처럼 사라지지 않는 얼굴이 있다는 건.

눈빛만으로, 아무 말도 필요 없이 지금은
그냥 안아주어야 할 때라는
사실을 알게 된다는 건.

그 목소리 때문에 미세한 그 변화 때문에
온종일 아무 일도 할 수 없게 된다는 건.

견딜 수 없이 차갑다가 놀랄 만큼 뜨거워지는
내 몸의 피를 경험한다는 건.

세밀하고 미세한 너의 몸 구석구석을 새롭게 발견해나간다는 건,
마치 새로운 우주를 발견하듯 가슴이 벅차기도 한다는 건.

깍지 낀 두 손이 가진 엄청난 위안의 힘을 알게 된다는 건.

그토록 하찮았던 것이 네가 좋아한다는 이유만으로
한없이 소중해지기도 한다는 건.

한 걸음씩 거슬러 올라가 내가 몰랐던 너의 모든 시간을
샅샅이 알고 싶어진다는 건.
그 생각이 왠지 촌스러워 우울해지고 만다는 건.

단풍잎만 한 손바닥을 내 손 위에 올려놓고 그 작고 따스한 온기를
느끼다 문득 눈물이 울컥 터져 나온다는 건.
아가, 하고 부르는 순간
나의 모든 세계가
크게 변해버렸음을 느낀다는 건.

지난 수년간 내 가슴속에 나무처럼 자라온 이름의 땅을,
나의 힘으로 찾아와 밟고 서는 순간,
머리카락에 스치는 첫 바람을 느낀다는 건.

겨울이면 늘 나의 차 밑에서 밤잠을 청하는 고양이들을 위해 밤마다
다시 한 번 시동을 켰다가 돌아오곤 한다는 건.

당신 앞에서만은 어떤 '이유'들이 모두 사라져버린다는 건.
바다 앞에 설 때마다 이유도 모른 채 사라져간 아이들을 위해
조용히 눈 감아 기도하게 된다는 건.

상처받을지 모를, 혹은 이미 상처였을지 모를 너의 모든 면면들에게
하나하나 입을 맞춰주고 싶어진다는 건.

낮과 밤을 계절과 계절을 국경의 경계들을 통과하며 걷고 걸을 때,
나의 오른발 옆에 너의 왼발이 함께라면 두렵지 않을 수 있다는 건.

불 꺼진 자정의 어느 골목.
그 적막한 따뜻함에 기대어 서서 듣고 싶은 멜로디를
함께 가지고 있다는 건.

그건……

도저히 읽히지 않는 책에 불과한 나는
네가 들여다볼 때마다
나를 펼쳐볼 때마다
주인공인 나는
민망하고 부끄러워서
얼른 덮어줬으면 했어

나는 네가 쉬지 않는 공휴일
오늘 아침 떨어트린 머리카락
너의 창문에 말라붙은 빗방울 물 자국
기억하지 않는 어젯밤의 꿈

어디서 들어본 적 있는 이야기인 나는
네가 지루해할 때마다
흥미를 잃어갈 때마다
뻔한 결말인 나는
민망하고 부끄러워서
들려지는 게 힘들었어

읽히지 않는 책
노래_곽푸른하늘
작사_곽푸른하늘, 작곡_곽푸른하늘

다만 너를 있는 그대로 좋아해

이제 나는,
뻔한 결말이 편해.
어떻게 끝날지 두려워하는 과정은 지쳐.

계산은 하고 싶지 않아.
나는 조금 모자라도 되니까 네가 다 가져. 괜찮아.

원래 되게 평범한 사람이야.
뭐 대단할 걸 기대했다면 미안해. 그런 거 없어.

초라한 구석도 되게 많아.
차라리 너에게 들켰으면,
네가 안아줬으면 하는 면들이 꽤 있어.

다만 나는 너를 그대로 좋아해 줄 수 있을 거야.
가난한 두 손이지만, 마음만은 넓어졌다고 자신해.
많은 경험들이 나에게 가르쳐줬어. 내가 진짜 보아야 할 것들을.

서른의 중반에 앉아 가끔 생각해.

그와 있을 때
결말을 들켜버린 추리소설처럼 나는 늘 두려워했었다고.
뻔한 사람으로 보이지 않기 위해 노력하는 일이
얼마나 뻔한 실수인가를 그땐 몰랐다고.
서툴렀기 때문이라 하는 그때 내가 느낀 비참함은 너무나 진지했다고.

그때 내가 수많은 '그'들의 손을 놓은 이유는
아마도 그저 '제대로' 사랑받고 싶었기 때문이 아니었을까. 하고 말이야.

사소하고 보잘것없는 나의 조각들을 더 소중하게 생각해 줘.

네가 안고만 있어도 편안해지는,
표지를 손으로 쓸기만 해도 마음이 좋아지는,
나는, 그런 책이 되고 싶어.
착한 결이 되고 싶어. 너에게.

날 좋아해 줘
아무런 조건 없이
니 엄마 아니 아빠보다 더

서울 아니면 뉴욕에서도
어제 막 찾아온 사춘기처럼
내가 아플 땐 더욱더
나근대는 목소리로 속삭여야 해

뜨거운 말로 내게 믿음을 줘

그래도 내가 싫어진다면
그건 아마 너의 잘못일 거야

날 좋아해 줘 월요일 아침에도
내 옆에만 있어줄래

뜨거운 말로 내게 믿음을 줘
그래도 내가 싫어진다면
그건 아마 너의 잘못일 거야

좋아해 줘
노래_검정치마
작사_조휴일, 작곡_조휴일

모든 사람의 사랑은

필요하지 않아

한 사람이 시작이었다.

그가 좋아했으면, 하는 마음이 동기를 불러왔다.

내 인생의 가장 중요한 몇몇의 시점엔 각각 다른, 그러나 언제나

나를 좋아해 줬으면 하는 '한 사람'이 존재했다.

모든 사람의 사랑은 필요하지 않았다. 그건 물론, 지금도 마찬가지다.

한 사람, 내가 좋아하는 한 사람의 마음에 들기 위해 고군분투하는 일.

그리고 마침내 그것을 이루는 일.

그가 알아줬으면 하는 마음으로 문장은 시작되었고,

더 좋은 음악들을 찾고 알고 배웠다.

그가 좋아해 줬으면 하는 마음으로, 여행가방을 싸거나, 꽃을 샀다.

그것들을 들여다보는 사이, 나라는 사람은 완성되었는지도 모른다.

누군가의 마음에 들고 싶은 마음으로 조금씩 완성되어 가는 사람.

나는 누군가가 나를 좋아해 주기를 바라는 마음으로

많은 것들을 사랑하게 되었다.

지독한 애정결핍의 산물치고는 꽤나 달콤하다는 생각이 든다.

사랑이 그대 마음에 차지 않을 땐 속상해하지 말아요
미움이 그댈 화나게 해도 짜증 내지 마세요
사랑은 언제나 그곳에 우리가 가야 하는 곳
사랑은 언제나 그곳에 Love is always part of me

너무 아픈 날 혼자일 때면 눈물 없이 그냥 넘기기 힘들죠
모르는 그 누구라도 꼬옥 손잡아 준다면
외로움은 분홍 색깔 물들겠죠

사랑은 언제나 그곳에 우리가 가야 하는 곳
사랑은 언제나 그곳에 Love is always part of me

Track 3

노래_이소라

작사_이소라, 작곡_이한철

사랑은 언제나 그곳에

좋은 문장을 만날 때마다 책의 귀퉁이를 접어놓는 버릇.
그 문장들을 옮겨 적으면서 떠올리는 얼굴.

네가 없는 집. 무심코 가지런히 널린 너의 양말들을 바라보는 일.
너의 행복이 무엇보다 소중하단 사실을 깨닫는 순간.
건강히 잘 뛰고 있는 너의 심장 소리를 듣는 밤.

몸이 아픈 날, 잠에서 깨어나 네가 두고 간
옷을 끌어안고 다시 눈 감는 시간.
너의 체취에 더 이상 두렵지 않아지는 어둠, 고통, 외로움.

너를 닮아 코가 동글동글한 아기가
내 배 속에 집을 짓고 동동 떠다니는 상상.

아기의 몸 어딘가에 하트 모양의 점이 있다면, 하는 상상을 해본다.
눈물이 많은 엄마는, 아기의 하트 모양 점을 바라보며
사랑은 언제나 그곳에 있다고 위로받을 수 있겠지.

미움 역시 사랑이 가진 여러 개의 조각 중 하나란
사실을 이해하게 되는 날.
잃어버린 한 개의 퍼즐을 찾은 듯한 기쁨.
이불 끝에 빼꼼히 나온 너의 발가락 열 개.
그 발가락을 한 개씩 톡톡 눌러가며
도레미파솔라시도를 불러보는 시간.

커다란 소유 〈 소소한 자유.
먼 미래 〈 가까운 지금.

나의 손 위에 너의 손을 올려 함께 그린 삶의 부등호.
왜 이런 순간들은 상상들은 나를 웃게 하는 걸까. 울게 하는 걸까.

because love is always part of me.

그래, 사랑.
그 말밖엔.

둥글게 모여 앉아 행복했던 작은 가게가 문 닫자
처음 눈물을 보인 너, 나는 조금 놀라서 어색하게 웃었지

혹시 내가 오래도록 기다려왔던 그 사람이 너일지도 몰라서
작은 꿈을 꾸는 사람들을 지켜주는 사람이
힘없는 것을 안아줄 수 있는 사람이

꽃을 밟지 않으려 뒷걸음을 치던 너와 부딪혔어
함께 웃음이 나왔어
하늘이 투명해서 너도 빛났지

혹시 내가 오래도록 기다려왔던 그 사람이 너였으면 좋겠어+
작은 빗방울이 세상을 푸르게 하듯이
부드러운 것이 세상을 강하게 하듯이

작은 빗방울이 세상을 푸르게 하듯이
부드러운 것이 세상을 강하게 하듯이
작은 꿈을 꾸는 사람들을 지켜주는 사람이 필요해

동글게
노래_이상은
작사_이상은, 작곡_이상은

오래도록 기다려온 사람

이 사람이다. 하고 느낀 순간이 있었나요?
머릿속에 종이 울리고 온 세상이 까만 가운데
그 사람에게서만 눈부신 빛이 난다는 그 순간.
'아마도 우리는, 결혼하게 되겠구나' 라고
생각하게 되는 순간이 진짜 있다죠.

오랫동안 기다려온 사람이 있는 사람이든 아니든
갑자기 내 앞에 나타난 혹은 오랫동안 곁에 있었지만
알아보지 못했던 누군가를 보며 문득 그런 생각이 들 때,
마음속에는 쩡- 하고 금이 그어지는 소리가 들려요.
어떤 흔적이죠. 그 사람이 나에게 남겨버린 표시 같은 것.

하필 나의 눈에 띈 그 사람의 어떤 면모 때문에
내 마음속엔 전에 없던
'확신'이라는 단어가 무지개처럼 떠올라요.
자세히 들여다보니,
그 두 음절의 단어 뒤로
'믿음'이라는 말이 햇살처럼 떨어지고 있네요.

이걸 어쩌나, 하는 생각이 들어요.
되돌릴 수 없겠구나, 하는 생각도 들고요.
반쯤은 행복하고 반쯤을 불안해지기도 합니다.

어떤 사람인가요? 어느 날 당신의 가슴속에 쓰윽 -
운명의 빗금을 그어버린 사람.
심장의 반쪽을 슬쩍 가져가버린 사람.
어쩌면 그건 예보에도 없이 내린 소나기 같은 건지도 몰라요.
우르르 몰려와 나를 다 적셔놓고는 다시 우르르 사라지는
그런 당황스러움 말이에요.
그 차가운 물을 먹고 내 마음에 새 꽃이 필 줄 누가 알았겠어요.

선한 사람이 좋아요.

마른 나뭇가지라도 꺾지 않으려는 사람.
지나가는 길 강아지와 고양이에게 한참을 말 걸어주는 사람.
통통한 아기의 단풍잎 같은 손에 한없이 입 맞춰주는 사람.
어느 봄 길거리 노점에 앉아 있는 할머니가 파는 냉이를
모두 사 와서 며칠 동안 냉이 요리를 먹게 만드는 사람.
매일 집 앞에 들르는 폐지 수거 할아버지를 위해
부러 폐지를 모아 노끈을 묶어 차곡차곡 쌓아두는 사람.
나보다 더 자주 우리 엄마에게 전화를 걸어주는 사람.
자신보다 낮은 것 앞에서 기꺼이 무릎을 꿇을 줄 아는 사람.

늘 저보다 작고 힘겨운 사람 앞에서 더 작아지는 그 사람이
내게는 누구보다 크고 높게만 보여요.
아, 이 사람이구나. 라는 생각을 자꾸만 하게 만들어요.

작고 소중한 것들을 지켜내는 그 사람은 나를 둥글게 만드니까요.
둥근 시선, 둥근 심장, 둥근 미소, 둥근 팔……
이 모든 걸로 우리의 삶을 둥글게 껴안으며
살아갈 수 있을 것만 같아요.

꽃을 밟지 않으려 뒷걸음치던 너와 부딪히고
함께 웃어버렸다는 이 노래를 그래서 나는,
몇 번이고 다시 되돌려 듣고 싶은가 봐요.

한낮에도, 이렇게 늦은 밤에도……

그는 분명 내가 오래도록 기다려왔던 사람일 거예요.
그리고 내가 평생 기다려줘도 좋은, 그런 사람일 거예요.

널 생각하면 목이 말라
아무리 마셔도 갈증이 나

언제나

널 생각하면 독이 올라
내 마음속 커져가는 네게 짓눌려

다시는 내릴 수 멈출 수 없는 기차
섣불리 뛰어내린다면 죽겠지

널 사랑해 누구보다 저 끝까지
마지노선 따위 없어
전하고 싶어 말하고 싶어 너의 세계가
나로 가득 찼으면
바라는 건 나의 삐뚤어진
사랑이란 이름 아래 욕심이야

화
노래_오지은
작사_오지은 작곡_오지은

사랑하거나 아니면 아무것도 아닌 것

그때의 나는 말라죽기 직전의 식물이었다.
겨우 땅속의 흙 얼마를 붙잡고
나는 아직 죽지 않았어.
하며 매일을 버티는 잎이 몇 안 남은 볼품없는 식물.
나는 잡초로도 태어나지도 못해 강하지 않았다.
제대로 밟혀본 적이 없으면서 늘 밟히고 있다고
착각하고 있는 존재감 없는 화초쯤이었을 것이다.

한낮의 풍경은 견디기 힘들었다.
이대로 말라 죽어가기에 세상은 너무나 아름다웠고,
태양은 너무 뜨거웠다.
가끔씩 누군가를 만나기도 했지만, 훌쩍 지나가는 소나기 같아서,
조금씩 그다음에 내리는 비를 믿지 않게 되었다.

당신은 그런 나에게 날마다 물을 주는 사람이었다.
일단은 볼품없는 나를 발견해주었고, 작은 화분에 가두는 대신
넓은 당신의 마음 안에 편하게 살도록 옮겨주었다.
적당한 그늘이 필요한 음지식물이었던 내게 당신은, 알맞은 사람이었다.

너무 과한 햇볕과 영양분 대신 적당한 양의 바람과
일정한 온도를 주었다.
적당히 멀리에서 나를 바라봐 주었고 필요할 때면 언제든 나타났다.
나는 다시 살아났다. 잎이 떨어진 자리에 작고 푸른 새잎이 돋아났다.
나는 항상 당신에게 고맙다는 생각을 했다.

그렇게 다시 푸르러진 나는, 점점 이상한 독을 품기 시작했다.
작은 알맹이로 시작된 의심, 불안 같은 것들이
소유욕으로 번지기 시작했다.
나를 돌봐주지 않을까 봐, 나 말고 다른 잎들을 볼까 봐 전전긍긍했다.
이런 내 모습에 당신은 적잖이 당황한 얼굴이었지만
침착하려 애쓰는 것 같았다.
나는 그런 당신의 얼굴에 안심하면서, 그만큼 더 차갑게 돌변했다.

확인하고 싶은 게 너무나 많았다.
그동안 모른 채로 잃어버린 게 너무 많았기 때문이다.

나는 다시 말라죽기 직전의 이름 없는 풀잎으로 돌아갈까 봐
겁이 났는지도 몰랐다.
누구에게나 처음은 절실하다.
처음 받아보는 사랑에 나는 겁이 났고,
그래서 그만큼 가시를 세워갔을지도 모른다.
당신은 상처받았다.
잘해줄수록 화를 내고 의심의 눈초리를 보내는 나에게

그러나 당신은 화내지 않았다.
마치 나를 처음 발견할 때부터 그럴 줄 알았다는 듯,
그저 나를 바라봐 줄 뿐이었다.
나는 늘 그 자리에 선 채로 해가 너무 잘 든다고, 온도가 맞지 않는다고,
물을 더 자주 달라고, 나를 그만 바라보라고,
나를 좀 더 바라보라고 보챘다.
내가 그렇게 사랑한다는 말을 화로 바꾸어 내는 동안에도
당신은 나를 묵묵히 만져주었다.
용케도 화 너머의 내 진심을 알아보는 것처럼.

나는 당신이 지쳐갈 거라는 생각은 하지 못했다.
당신은 원래 늘 그곳에 있는 사람이라고 생각했다.

해가 바뀌고, 또 한 해가 지나갈 무렵 나는 다른 곳에 옮겨 심어졌다.
나를 새롭게 데려간 사람들은 나를 잘 다루지 못했다.
대부분 화려했지만, 너무 좁거나 너무나 넓은 땅이었고,
너무 멀찌감치 있거나 너무 가까웠다.
나는 당신이 그리웠다. 나는 오래지 않아 다시 시들어갔다.

언젠가 당신이 다시 혼자 놓아진 나를 발견하고 데려가 주었을 때,
나는 생각했다.
'이제는 착하고 순한 꽃이 되어야지.'
당신은 잠시 여행을 다녀온 것처럼 나를
다시 있던 곳에 놓아두고 보살펴주었다.

당신에게 나의 많은 상처를 덜어냈기에 내 마음속은
모르는 사이 많이 건강해져 있었다.

더 이상 나의 불안과 의심을 말하지 않게 되었고
나를 포장할 필요가 없었기에 늘 진실했다.

나는 아직도 적당한 그늘 속에서 편안하게 살고 있는 초록 음지식물이다.
가끔 예고 없는 상처가 여전히 존재하지만 당신만이
나를 나일 수 있게 한다는 것을
나에게 꼭 맞는 곳임을 알기에 그럴수록 뿌리를
더 단단히 붙들고 서 있을 수 있게 됐다.

가끔 당신의 상처에 대해 묻곤 한다.
그럴 때마다 당신은 대답한다.
그 상처 때문에 너를 모르는 척하고 싶은 적은 한 번도 없었다고.
나도 너에게 상처를 준 적이 있는데, 네가 기억 못하는 것뿐이라고.
너는 그때 자신이 받는 상처를 회피하면서
남에게 진심 없는 상처를 주는 데 혈안이 되어 있던
안쓰러운 스무 살이었다고.

사랑이 넘칠 때, 그동안 한 번도 사랑받지 못해 본 사람들은
종종 이 사랑이 저주는 아닐까 의심하게 된다.
너무 사랑하게 되어 괴로운 것이다.
너무 달면 쓰듯이, 너무 향긋하면 머리가 아프듯이.

그렇게 사랑에 겨운 나의 실망스러운 면을 발견할 때면
내가 스스로 버거워진다.
나는 왜 심플하지 못할까. 따뜻하지 못할까.
왜 있는 그대로 그 사랑을 바라보지 못할까.

그럼에도 불구하고, 나는 그 모든 과정을 경험해야 한다고 생각한다.
죽도록 사랑하고, 죽도록 미워하며, 죽도록 아파하고, 죽도록 후회하고.
결국에 모든 상황이 역전되는 경험을 하는 것.

사랑 앞에 누구나 쿨해질 필요는 없다.
각자의 과정을 통과하며 온전해지면 그뿐.
서로의 눈에 가장 푸른 나무가 되어주면 그뿐.

나는 이제 안다.
그 수많은 오해와 눈물과 다툼과 불안이 내게 사랑을 알게 했다는 것.
죽일 듯 미워하고 그렇게 잃어버려야
그것이 내게 소중했던 것임을 깨닫는다는 것.
건강하지 못하고 절룩대는 사랑도 결국, 누군가에겐 사랑이라는 것.

가끔 지난 나의 시간들이 떠오르는 밤이면 오지은의 이 노래를 듣는다.
그리고 생각한다.

그래, 어쩌면
그렇게 사랑하거나 아니면 아무것도 아닌 거라고.

고요하게 어둠이 찾아오는
이 가을 끝에
봄의 첫날을 꿈꾸네

만 리 넘어 멀리 있는 그대가
볼 수 없어도
나는 꽃밭을 일구네

가을은 저물고 겨울은 찾아들지만
나는 봄볕을 잊지 않으리

눈발은 몰아치고 세상을 삼킬 듯이
미약한 햇빛조차 날 버려도

저 멀리 봄이 사는 곳
오 사랑

눈을 감고 그대를 생각하면
날개가 없어도 나는 하늘을 날으네

눈을 감고 그대를 생각하면
돛대가 없어도 나는 바다를 가르네

꽃잎은 말라가고 힘찬 나무조차
하얗게 앙상하게 변해도

들어줘 이렇게 끈질기게 선명하게
그댈 부르는 이 목소릴 따라

어디선가 숨 쉬고 있을 나를 찾아
내가 틔운 싹을 보렴 오 사랑

오 사랑
노래_루시드 폴
작사_루시드 폴, 작곡_루시드 폴

그런 너를 정말로 좋아해

겁이 많지만 롤러코스터를 타고 하늘을 빙빙 도는 일을 좋아해.
그늘을 싫어하지만 챙이 넓은 모자를 쓰는 걸 좋아해.
준비 없이 마음을 들키는 걸 싫어하지만
갑자기 손을 잡아주는 걸 좋아해.
겨울이 끝나가는 걸 슬퍼하지만, 푸른 순이 돋은 나뭇가지를
바라보는 일을 좋아해.

힘이 들지만 이유 없이 펑펑 우는 일을 좋아해.
뜨겁고 짠 걸 싫어하지만, 그런 눈물을 맛보는 일을 좋아해.
오르막길을 싫어하지만, 정상에 올라 야호 하고
소리치는 일을 좋아해.
말수가 별로 없지만, 내 얘기를 기다리는
너의 눈빛을 보는 일을 좋아해.

매운 걸 잘 못 먹지만, 매운 국물을 후후 불며 호호 웃는 일을 좋아해.
정체되어 있는 기분을 싫어하지만 아무것도 하지 않고 있는
순간을 좋아해.
슬픈 목소리를 싫어하지만 이소라를 듣고 보고 부르는 밤을 좋아해.

이해할 수 없는 건 늘 두렵지만, 시를 읽고 시가 다가오기를
기다리는 일을 좋아해.

외로운 걸 싫어하지만 한 사람분의 여행 티켓을 사는 순간을 좋아해.
약속에 십 분씩 일찍 나가는 나지만, 늦는 너를 기다리는 일을 좋아해.
알록달록 신나게 살고 싶다고 말하지만,
사실 무채색으로 조금 심심하게 사는 걸 조금 더 좋아해.

내 안의 많은 미움과 서운함을 슬며시 모두 사랑이라고
불러보는 일을 좋아해.
나를 바라보지 않는 너지만 너를 몰래 바라보는 일을 좋아해.
나의 이름을 모르는 너지만 너의 이름을 종이 가득히
써보는 일을 좋아해.
나를 위한 시간을 내어줄 수 없는 너지만 그런 네게
내 하루를 다 쓰는 일도
가질 수 없는 마음을 가지고 싶은 마음도
네가 웃을 때마다 내가 울게 되는 것도
네가 싫다고 말한 너의 버릇들도 모두 좋아해.

나는,
나를 좋아하지 않는 너지만 그런 너를 정말로 좋아해.

오, 사랑.

늦은 밤중에 보고 싶다 전화 와서 달려나가면
그냥 나의 품에 안겨 한참 울면서
끝내 아무 말이 없다가
참 미안하다고, 늘 고맙다는
그건 어쩌면 나를 사랑하지 않으니까요

몇 번씩이나 이유 없이 한숨을 쉬고
어색하게 웃음을 짓고
늘 창문 밖을 바라보고 있는 건
나를 사랑하지 않으니까요

싫어졌냐고 좋아하긴 한 거냐고 몰아세울 때
그냥 나의 손을 잡고 한참 울면서
끝내 아무 말이 없다가

잘 모르겠다고, 왜 이러는지
그건 아마도 나를 사랑하지 않으니까요
이젠 더 이상 나를 사랑하지 않으니까요

b

사랑하지 않으니까요
노래_김동률
작사_김동률, 작곡_김동률

당신이 나를

사랑하지 않는다는

사실

피곤함을 고스란히 드러내며 구겨진 이불.
눈물이 스며든 축축한 베개.
배가 고파 눈을 떠 냉장고 속을 헤매다 차가운 맥주 한 캔을 마신다.
새벽 세 시와 네 시 사이를 건너가고 있는 시침.

고무나무의 커다란 잎을 닦으면서 문득,
시간과 함께 나뭇가지처럼 말라가는 내 발등을 들여다본다.
오늘, 잃어야 할 길 하나를 알게 되었으니
이제 그곳은 걷지 말아야 할 것이라고
내 마른 두 발에게 단단히 일러둔다.

달궈진 후라이팬 위에 달걀이 깨어지고 나는,
절실하게 서로를 껴안고 있는 노랗고 하얀 그 운명을 바라본다.
문득 속이 아프다.
늘 부족함 없는 당신의 곁에서 나는 조금 오래, 배가 고팠다.

음악을 틀고 텅 빈 거실 한복판에 앉아
겨울밤의 바람을 맞으며 구워진 계란을 먹는다.

며칠을 이불 속에 있어야 할 것이기에
나는 이 음식들을 가능한 담백하게 차곡차곡 먹어두기로 한다.

오늘, 당신이 나를 사랑하지 않는다는 사실을 알았다.
나는 그런 당신을 위해 내가 먼저 이별하기로 했다.

배려도 아닌 이해도 아닌, 오히려 절실한 자기애에 더 가까운.

슬프지 않은 이별에 익숙해지는 일이 슬프지만은 않다고
위태로운 노른자를 터트리며 생각한다.
더 위태로울 수 없을 땐, 강해지는 수밖에 달리 방법이 없다.

눈이 내린다.
어차피 내일이면 당신에게로 가는 길은 하얗게 뒤덮여 사라질 것이었다.

그리고 나는 결코, 나를 사랑하지 않는 당신을 미워하는 데
나의 아까운 마음을 쓰지는 않겠다고 다짐한다.

가까이, 새벽이 푸르게 다가온다.
나는 점점 푸르다 이내 환해지는 이 새벽이 되어야겠다고 생각한다.
당신이라는 어둠을 지나, 이 이별을 지나
기어코 나는 다시 희고 맑게 빛날 것이다.

모두 변했겠지 내가 변한 것만큼
그래도 간직하고 있어
너의 그 미소가 나를 향할 때 느꼈던
그 포근했던 그 머물 것 같았던

여기 어디쯤인가 우리 자주 만난 곳
많은 약속이 오고 갔던 곳
마치 너의 목소리가 바람에 실려
왜 잊지 못하냐고 묻네

우리 언제쯤인가 마주칠 수 있겠지
저 불빛 속을 거닐다 보면
먼저 알아 본 사람 나였으면 해
난 언제나 바라봤기에
언제나

야경

노래_윤종신
작사_윤종신, 작곡_정석원

이별 후의 시간들,

그 밤의

풍경들

까만 마음속에 작은 등 하나만 켜고 싶은 날이면 그곳에 오르곤 해요.
헉헉대는 숨을 겨우 달래가면서.
그곳엔 사계절 바람이 불어요. 나는 그 밤바람을 좋아했어요.
아주 오래전부터.

처음엔 그저 보고 싶다. 하는 마음이 컸어요.
그가 있는 곳이 저기 어디쯤일 텐데 하며
어림잡아 상상하는 게 좋았어요.
하필 누군가를 사랑하게 되어버린 탓에,
또 준비 없이 헤어지게 된 탓에
나는 밤에만 몰래 그가 있는 어디쯤을
겨우 바라봐야 하는 사람이 되었죠.

첫날에는 울었고, 그 뒤로 올라갔을 때는 종종 웃었어요.
땀이 송골송골 맺히는 이마 위로 착- 하고 인사해주는 바람 때문에,
가슴이 뛰었어요.
나를 아는 척해 주는 그 기척이 좋아서
아픈 날에도 전투하듯이 야경을 만나러 그곳에 올라갔어요.
그러지 않으면 외로웠거든요. 더 많이, 아팠거든요.

가만히 서서 바람을 맞다 보면 어느새 땀방울은 식어
온몸이 서늘해지곤 했어요.
멀리 남산타워가 보이고, 한강이 보이고, 그 위로 다리가 보이고,
그가 사는 동네가 보이죠.
그때의 느낌은 참 이상해요.
갑자기 사이다 한 컵을 쭉 마셔버린 것처럼
가슴이 따끔거리고 눈을 뜨거워지고요.
여러 가지 마음들이 한데 섞여 어지러워지죠.
그런 채로 저 멀리 야경을 바라보는 거예요.

그가 있는 곳을 향해 안부를 묻는 거예요.

내가 이래도 되는 나이인가 부끄러웠지만,
그때의 나는 고작 스물여섯이었네요.
어렸네요. 사랑 때문에 길거리에 서서 울어도
이상하지 않았던 나이……

나는 원래 어두운 공간 안에 홀로 켜진 불을 좋아했어요.
그 불빛에 기대어 보내는 시간들은 따뜻하고 늘 평화로우니까.
어두운 내 마음에 탁- 하고 스위치를 커주던 그 사람을
그래서 나는 참 좋아했나 봐요.
불빛 같아서, 아름다운 야경 같아서.
내게, 나쁜 것들은 다 가려주고 예쁜 것들만 남겨 보여주는 것 같아서.

그런데 그땐 몰랐던 것 같아요.
어두운 공간 안에 켜진 단 하나의 빛. 그 단 하나는 참 소중하지만,
유일해서 그만큼 위험하기도 하다는 걸 말이에요.
그가 커놓은 빛이 꺼지고 나니,
나의 매일은 온통 어둡기만 했으니까요.
그렇게 보이지 않는 매일을 더듬어가며 건너냈어요.
어떻게 지나갔는지도 모르는 시간들을.

그 후에 나는 스스로 마음에 불을 켜는 법을 배웠어요.
그 누가 또다시 내 어두운 마음에 불을 커준다 해도,

그러다 갑자기 그 불을 꺼버리고 사라진다 해도 괜찮을 수 있게.
나는 이제 내 안에 나만의 불을 스스로 켜는 법을 알아요.
세월이 흘렀다고도, 내가 변했다고도 말할 수 있겠지만,
강해진 내가 마음에 들어요.

그렇게 야경과 함께 나는 단단해졌어요.
도시의 밤. 그 쓸쓸한 공간을 멀찌감치 바라다보면서.
그가 있을 만한 거리들을 하나하나 시야에서 지워나가면서.
그러다 노래를 하고 무언가를 끄적거렸어요.
여행을 떠날 계획을 세우고 나만의 노트를 만들었어요.

그렇게 흔들리는 밤의 불빛처럼 나는 여기까지 흘러온 거예요.

그러니까 지금의 나를 만든 요소의 대부분은
이별 후의 야경들이었는지도 몰라요.
그 이별 후의 시간들, 그 밤의 풍경들이었는지도 몰라요.
그 모든 아픔들에게 고마워요.

오늘은 오랜만에 어디에든 올라 말없이 야경을 바라봐야겠어요.
오래도록 이 밤의 풍경 앞에 서 있어야겠어요.

나를 두고 떠나간 모든 것들이 더 이상 미워지지 않을 때까지.
그 모든 것의 안녕을 마음 깊이 빌어줄 수 있을 때까지.

영화를 보고 싶어졌어
친구가 보고 싶어졌어
거울 속 날 피하지 않게 됐어
잠이 늘었어

커피의 향기를 즐기며
어여쁜 여인에 반하고
멋있게 날 꾸며보고 싶어져
웃음이 늘어

운동이 좋아 아침을 기다려
가능하면 밥은 거르지 않으려 해
너의 사진에 무표정해졌어
슬프지 않는 내 모습이 보여

b

음악이 좋아 함께 듣던 노래도
처음 만난 그날도 무심히 지나가
요긴하다며 너의 선물도 써
슬프지 않은 내 모습이 보여

잠이 늘었어
노래_조규찬
작사_조규찬, 작곡_조규찬

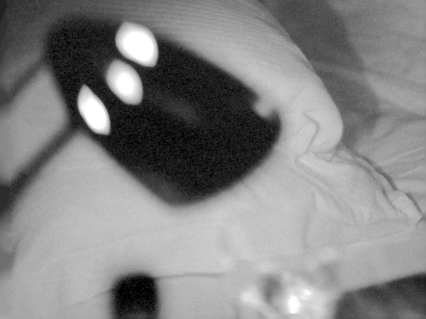

거짓말이 주는

위로

거짓말이 주는 위로로 버틸 때가 있다.
거짓말을 먹고 거짓말을 보고 거짓말을 듣는다.
속어야 할 대상은 오직 하나다. 바로 '나'.
일인칭 시점으로 시작되는 슬픈 시작의 픽션.

이별.

모든 것들에게 눈을 감지 않으면 안 되는 시기.
누군가에게 눈이 멀었던 내게
이제 스스로에게 눈이 멀 차례가 온다.

아프지 않은 척하다가, 다 싫어져 고개를 파묻고 있다가
문득 주위를 본다.
누가 나를 볼까 봐. 지나가는 바람에게도 신경이 쓰인다.
좀 많이 앓는 게 우는 게 무너지는 게 뭐 어떻다고.
그러면 좀 어때서.
순간 밀려오는 미열과 어지러움, 화.

하지만 그러기에 난
이미 세상에게 그리고 너에게,
무엇보다 나 자신에게 너무 어른인 척을 해버렸나 보다.
이런 아픔쯤이야 무난히 통과할 수 있다고.
크게 토로하지 않아도,
티 내지 않아도 무던히 흘러갈 수 있다고.
이제 그런 나이가 되었다고.

그러니 이렇게 거짓말이 들려주는 얘기에 기대는 수밖에.
그 서글픈 속임수에 기꺼이 속아주는 수밖에.

괜찮다고 말하면, 언젠가는 괜찮아진다.
슬프지만, 눈물 나도록 속상한 일이지만 그렇다.
내가 나를 속이고 의심 없이 속는 일은 그렇다.

착한 거짓말이 가져다주는 명확한 진실.

거울 속 슬프지 않는 내 모습이 보인다는
이 노래에 준비 못한 눈물이 났던 이유는
그런 거짓말에 속아본 기억이 문득 떠올라서다.

그때, 너무 아름다웠던 우리와 또 소중했던 이별이 떠올라서다.
자꾸만 슬픈 잠이 쏟아져내리던 '사랑'이라는
이름 한가운데의 그날들이 사무치도록 그리워서다.
잠이 늘었다는 슬프지 않은 내 모습이 보인다는.
그런 거짓말로 버티던, 늘 사랑이 고팠던, 참 아팠던 그때
모든 것들에게 절절히 '결핍'을 느끼던 그때 나는 행복했다.

청춘이었다.

같은 시간에 우린 어쩌면 서로를 그리워했었는지도 모르네
같은 거리를 걷다가 우리는 어쩌면 서로 못 본 채 스쳐갔는지 모르네

마지막 인살 나누던 그 시간에 우리는 어쩌면 후회했는지도 모르네
소심한 내 성격에 모른 채 지나갈까 봐 겁이 나네

현관문 나설 때마다 그대도 만약에 혼자란 생각에 마음 아프다며
웃는 일조차 힘들다면 여린 그대 성격에 혼자 참겠죠

바보처럼 같은 시간에 우린 어쩌면 서로를 그리워했었는지 모르네
지독한 외로움 끝에 서로를 원하는데도 망설임 끝에 포기했다면

우리는 어쩌면 만약에
노래_윤상
작사_유희열, 작곡_유희열

어른스러운

이별

side A _ 그녀

퇴근 후에 조금 걷기로 했다.

지하철을 타고 바로 집으로 들어가 침대에 눕고 싶을 만큼

피곤한 날이지만,

걷지 않으면 분명 생각이 흘러갈 곳이 뻔했기 때문이다.

자동차 헤드라이트 불빛이 작은 활기를 불러오는 저녁.

거리엔 가을이 가까이 와 있었다.

전화기는 온종일 울리지 않았다.
가끔 들어오는 문자 메시지 역시 뻔했다.
메시지들을 하나하나 삭제해나가다 그 이름 앞에서 손이 멈췄다.
지울까, 말까. 하다 그대로 전화기를 덮었다.
고민이 되지 않을 때까지 그대로 두기로 마음을 정한 지
고작 하루가 지났을 뿐이니까.

저녁 하늘엔 딱 반으로 달이 하얗게 떠 있었다.
나는 가만히 서서 그 달을 바라보았다.
저 달이 다시 동그랗게 차오를 때가 다가오면
그와 이별한 지 딱 한 달째가 된다.
그날 이후 밤하늘을 바라보는 시간이 늘었다.

이별 달력이라도 되는 듯, 달이 변해가는 모양으로
헤어짐의 기간을 어림잡았다.
헤어지고 나서도 반복되는 똑같은 생활 속에서 달라지는 건
밤하늘 달의 모양뿐이었으므로.

다시 걸음을 떼려는 찰나 바람이 불어왔다.
목 언저리를 스치는 찬바람.
계절의 냄새. 가을 저녁의 서늘한 온도.
그리고 가로등처럼 켜지는 그의 이름.
나는 서둘러 걸었다.
보도블록만을 바라보며 걷다, 문득 구두코가 많이 낡았다는 생각이 든다.

여기저기 고장 난 곳이 하나둘 늘어가고 있다.

하지만 별로 고칠 생각은 들지 않는다.

돌봄 받지 못한 채 제멋대로 자라나는 화분처럼

이대로 시들어가도 괜찮을지 모르니까.

손길과 눈길을 잃은 푸른 잎은 결국, 시들어가는 일로

자신의 아픔을 시위하기 마련이다.

한 발 한 발, 그렇게 걷다 어느새 커다란 쇼윈도 앞에 멈춰 섰다.

오프 그레이 계열의 스웨터. 보는 방향에 따라 푸른빛과 보랏빛이

보일 듯 말 듯 섞여 있는 회색빛 스웨터였다.

굵은 짜임과 디자인에 계속 눈이 갔다.

누군가 나를 불러 세운 것처럼, 나는 그 스웨터를 계속해서 바라보았다.

그러다 만약 그가 이 스웨터를 입는다면

소매를 한 번쯤은 접어야 할 거란 생각이 들었고,

이어서 그에게 이 스웨터에 어울리는 바지가 있던가,

하는 데까지 생각이 이어졌다.

머지않아 아차, 하는 생각이 들었고 곧 작게 실소가 터졌다.

뭐야. 이런 생각을 하고 있다니.

서둘러 바로 옆 건물에 있는 커피숍으로 걸음을 옮겼다.

간단한 요기와 따뜻한 커피 한잔을 하고 집으로 돌아갈 생각이었다.

문을 밀고 들어가자마자 느껴지는 온기와 커피 향 그리고 익숙한 멜로디.

웬일인지 사람이 뜸한 그곳엔 윤상의 노래가 흘러나오고 있었다.

늦가을 저녁을 닮은 그의 목소리.

나도 그도 그런 그의 목소리를 참, 좋아했다.

같은 시간에 우린 어쩌면 서로를 그리워했었는지 모르네

커피와 쿠키 한 조각을 앞에 놓고, 가방 속을 뒤적이며
거울을 찾는 사이 나도 모르게 그 노래에 마음을 집중하고 말았다.
같은 시간에 우리는 서로를 그리워한 적이 있을까.
만약에 그랬다면, 헤어지지 않았겠지.
그렇게 같은 마음을 가질 수 있었던 사이였다면.
커피를 옆에 두고 볼펜을 꺼내 냅킨에 이런저런 낙서를 했다.
휴가를 받아 여행을 갈까. 아니면 그냥 이사를 갈까. 운동을 시작해볼까.
나는 지금 슬픈 걸까. 정말 괜찮나. 왜 속 시원히 울지 못하는 걸까.
눈물이 다 말라버린 걸까. 이 이별이 정말 이별이 맞나.
정말 사랑했다면, 헤어질 수 있는 걸까?

우리는 어른스럽게 헤어졌다고 생각했다.
각자의 현실이 있고, 그 현실을 이겨낼 만큼의 힘도 열정도
인내도 없다는 걸 인정했다.
그래서 우리는 덤덤히 돌아섰다.
나의 일상은 이별 후에도 변함이 없었고, 그 역시 그런 듯했다.
이렇게 깨끗한 이별인데, 이렇게나 쓸쓸하다니. 슬프다니.
외롭고 허전하다니.
눈물이 그렁- 하고 맺혀버려 나는 얼른 남은 커피를 다 마셔버렸다.

입술이 번진 느낌이 들어 냅킨으로 립스틱을 다 지우고는
빈 종이컵 안에 구겨 넣었다.
그리고, 다시 거울을 보고 립스틱을 바를까, 하다 그만두기로 했다.
이 늦은 저녁의 빛깔엔 색깔 없는 입술도
잘 어울릴지 모른다는 생각이 들어서.

나는 그대로 자리에서 일어나 집으로 향했다.
지하철을 향해 걸으며 자리에 두고 온 빈 커피 컵이 생각났지만,
누군가 버려주겠거니 했다.
눈앞에 아까 본 오프 그레이 스웨터가 아른거렸다.
그는 무채색이 참 잘 어울리는 남자였다.

side B_ 그

퇴근 후에 조금 걷기로 했다.

오늘은 출근을 하면서부터 그래야겠다는 생각이 들었다.

걷고, 걷다가 배가 고프면 조금 먹고, 아니면 계속 걷고,

그렇게 집에 가자고.

생각이 생각으로 덮어지는 일이 불가능한 요즘의 나는

그래서 생각을 행동으로 덮는 중이다.

걷거나 자거나, 그것도 안 되면 뛰거나

억지로 무언가를 들거나 버티거나 하는 운동에 몰두하면서.

저녁 즈음의 풍경을 좋아한다.

빨간 후미등을 켠 채 늘어서 있는 자동차의 행렬을 바라보는 일이나

작은 노점들에서 모락모락 피어오르는 김을 바라보는 일들.

오늘 하루도 잘 지나가고 있다는 안도감.

지금이 몇 시쯤 되었나. 핸드폰을 보다 오늘도 잘 참아냈다는

생각이 들었다.

문자 메시지 창을 열어보니 쓰다만 문자가

다행히 전송되지 않은 채 걸려 있었다.

이제 단 몇 줄의 안부도 물어서는 안 되는 사이.

하늘엔 정확히 반으로 잘린 반달이 떠 있다.

이 달이 다 차오를 때쯤이면, 그녀와 헤어진 지 거의 한 달이 다 될 것이다.

무의미한 시간들. 시간은 흐르고, 달은 차오르고 나는 여기에 서 있다.

다시 걸음을 옮기려는데 풀려 있는 운동화 끈이 눈에 들어왔다.

"운동화 끈이 풀려 있으면 누군가 너를 생각하는 거래."

그녀의 말이 하도 유치해서 웃지도 못했던 기억이 있다.

웃음이 터져 나왔다. 잠시 무릎을 꿇고 앉아 운동화 끈을 고쳐 맸다.

그러다 문득 그녀가 매어주던 예쁜 8자 모양의 리본이 그리워졌다.

힘을 주어 꼭 리본을 매어주고는 꼭 운동화 등의 먼지를

툭툭 털어주곤 하던 예쁜 손. 그리고 뿌듯하게 웃던 그 얼굴.

단단히 매어져 잘 풀어지지 않았던 그 리본이

요즘은 웬일인지 자주 풀어지곤 했다.

운동화를 내려다보다, 새 운동화를 하나 더 사야겠다는 생각이 들었다.

낡아버린 운동화를 보면 그 모습이 나를 보는 것 같아

조금 속상한 기분이 들기 시작했기 때문에.

얼마쯤 걸었을까, 저 멀리 밝고 커다란 쇼윈도가 보인다.

천천히 걸어 그 앞으로 다가갔다. 그리고 한참을 멈춰 섰다.

회색빛의 스웨터.

눈에 띄는 그 스웨터는 하얗고 커다란 마네킹 위에 걸려 있었다.

회색 빛깔 안에 뭐라 설명하기 힘든 다른 색들이

오묘하게 섞인 굵은 짜임의 스웨터.

팔이 조금 길게 나와 조금 걷어 입어야 할지도 모르겠지만,

분명 나에게 잘 어울릴 것만 같은 느낌이 든다.

그녀라면, 아마 지금 당장 내 손을 잡고 샵 안으로 들어갔을 텐데,

입어보게 하고 소매를 접어주고,

이런 얘기 저런 얘기를 하고 그리고…… 하는

생각을 하다 나는 피식- 웃어버렸다. 왜 이런 생각을 하고 있는 걸까.
그렇게 한참을 그 회색빛 스웨터 앞에 발이 묶인 채로 서 있었다.
들어갈까, 말까. 고민을 하다 결국 발길을 돌리기로 했다.

밤이 내려오고 있는지 공기가 차다. 근처의 커피숍을 향했다.
낮은 대화 소리가 오고 가는 분주하지 않은 공간.
커피를 앞에 놓고 창가에 앉아 사람들을 바라보았다.
몇 번의 노래가 돌았을까,
곧이어 익숙한 목소리가 흘러나왔다.

같은 시간에 우린 어쩌면 서로를 그리워했었는지 모르네

사람이 별로 없는 공간 안에서 윤상의 목소리는 낮고 깊고 넓게 울렸다.
까맣게 고여 있는 커피를 바라보며, 나는 그의 노래를 듣는다.
그녀도 나도, 잔잔한 울림이 있는 그의 목소리를 참 좋아했었다.
우리는 같은 시간에 서로를 그리워한 적이 있을까.
물론 있었겠지. 그래서 사랑을 했고
한밤중에 서로의 집을 향해 달려가기도 했고,
기쁜 마음으로 잠들거나 불안함으로 잠 못 들기도 했었겠지.
하지만 헤어진 후에, 지금의 나처럼 그녀도 나를 생각하고 있을까.
같은 시간에 같은 생각으로, 서로의 이름을 서로의 얼굴을
서로의 체온을 그리워했던 적이 있을까.

어른스러운 이별이라는 건 없다는 걸, 헤어지는 순간 알았다.

다만 조금은 달라졌다 느낀 것은,

헤어지는 게 좀 더 나을 것 같다는 서로의 의견을 존중했다는 것.

화내지 않았다는 것.

열정이 사라졌다는 느낌과는 달랐다.

마음은 아팠으나, 상대방을 위해 포기해야 하는 게 있다는 사실을

받아들인 나이가 되었음을 알아차린 기분이랄까.

그건 뭔가 슬프고 쓸쓸한 일이었다.

체념이라는 말의 뒷면까지 걸어가 보는 일이었다.

그녀에게 다시 닿아서는 안 된다는 걸 막연하게 알고 있다.

지금의 이 모든 건 언젠가 지나간다는 것도.

하지만 나는 지금 많이 마음이 아프다.

이렇게 담담하게 이별할 수 있는 내가 되었다는 사실도,

울거나 소리치거나, 되돌리고 싶다며 그녀를 다그치지 않는

내가 되었다는 사실도 모두 아픈 일이다.

남은 커피를 모두 마시고, 일어서려는 찰나

옆 테이블 구석에 놓인 커피 컵이 눈에 들어왔다.

누군가 립스틱을 지운 냅킨을 구겨 넣고는 그대로 두고 간 모양이다.

나는 그 컵을 집어 들었다.

그리고 컵 안에 든 냅킨에 묻은 립스틱을 보며 문득 그녀를 떠올렸다.

그녀는 잔잔한 코럴빛 립스틱이 잘 어울리는 여자였다.

어제의 난 어디 있을까
달라진 바람 달라져버린 공기
나른한 몸 고장 난 마음
감기약처럼 쓰디쓴 나의 하루
물속 같은 시간들 그 1분 1초
난 자꾸만 숨이 차올라

두 눈을 꼭 감고 두 귀를 닫고
난 너의 기억을 또 꺼내어봐
참 달콤했던 참 달콤했던
너로 만든 케이크 같던 세상

사랑을 말하던 내 입술 끝엔
아직 네 이름이 묻어 있는데
다 괜찮아질 거라 수없이 되뇌어도
입안 가득 그리움만 퍼져
이별을 맛본다

b

이별의 맛
노래_ 김범수
작사_ 심현보, 작곡_ 심현보

쓰리고 아리지만 음미해야 하는 것

너무 써서 눈물을 쏙 빼다가,
어느 순간 달콤해진다.
거칠고 아픈 결을 가져 녹여내기 어렵지만,
이내 부드럽게 남는다.

궁금하지 않지만,
또 알기 전엔 함부로 아는 척하기도 힘든 경험.

너무 쓰고 아리지만 이내 음미해야 하는 것.
그래야 겨우, 알게 되는 것. 정리할 수 있는 것.
기억될 수 있는 것.

내 이별의 맛은, 그랬다.

언젠가 마주칠 거란 생각은 했어
한눈에 그냥 알아보았어
변한 것 같아도 변한 게 없는 너
가끔 서운하니
예전 그 마음 사라졌단 게
예전 뜨겁던 약속 버린 게
무색해진대도
자연스런 일이야
그만 미안해하자

다 지난 일인데
누가 누굴 아프게 했건
가끔 속절없이 날 울린
그 노래로 남은 너
잠시인 걸 믿었어
잠 못 이뤄 뒤척일 때도
어느덧 내 손을 잡아준

좋은 사람 생기더라

사랑이 다른 사랑으로 잊혀지네
이대로 우리는 좋아보여
후회는 없는 걸
그 웃음을 믿어봐
믿으며 흘러가

먼 훗날 또다시
이렇게 마주칠 수 있을까
그때도 알아볼 수 있을까

사랑이 다른 사랑으로 잊혀지네
노래_하림
작사_박주연, 작곡_하림

잊지 못해도 괜찮다

잊는다는 말은, 아직 잊지 못한 마음이 시키는 말이다.

정말로 무언가를 혹은 누군가를 잊어버린 사람은,
잊는다는 말을 할 필요가 없다.
잊어야 할 그 '무언가'가 이미 마음에서 잊혔기 때문에.

쌀쌀한 계절의 어느 밤, 나는 종종 이 노래를 들으며
과연 사랑이 다른 사랑으로 잊힐 수 있는 걸까 스스로에게 묻곤 한다.

그리고, 물음표 끝에 매달린 점처럼 명료하지만
아직 무언가 궁금한 느낌으로
'물론 그렇다'고 생각해버린다.

하지만, 하지만 말이다.
아무리 생각해봐도 사랑은 사랑으로 잊겠지만,
사람을, 다른 사람으로 잊을 수는 없는 거겠다.
그간 함께 만들어온 '우리만의 우주'가 다르기 때문이다.
그와 나의 시간이 끝나면, 한 발짝 다른 공간으로 이동해 다른 누군가와 새로운 에너지로 가득한 관계를 시작하는 것일 뿐.
관계마다의 우주는 좋게든 나쁘게든 각자의 역사를 가지고
마음속에 여전히 남아 있다.

약속은 바래지고, 눈빛은 날아가고, 눈물은, 미소는 증발한다.
그렇게 사랑에서 이별까지, 우리는 그때마다
각기 다른 관계의 중력을 버텨가며 서로를 끌어안아 가며 살아간다.

그래도, 그래도 말이다.
아무리 미웠더라도, 혹 너무나 아꼈더라도,
너무 차갑게 잊지는 말자.

사랑이 다른 사랑으로 잊히기를 애써, 기다리지도 말자.

세상엔 이별에 영 재능이 없듯 좀처럼 사랑에
운이 없는 사람들이 더 많을 테니까.

잊지 못해도 괜찮다.
오랫동안 혼자만 사랑에서 벗어나지 못해도 괜찮다.

모두, 마음을 다해 사랑한 따뜻한 당신의 마음 탓.
잊히지 않는다면, 그냥 두자. 그리워하자.
그리고 언젠가 정말로 모두 잊히거든,
좋아하지도 말고, 행복해하지도 말고

그저 덤덤히 그 시간 위를 흘러가자.

그게, 인간적이다.
그게, 아름답다.

모두 다 받았죠 그냥 있어준 것만으로
어디에 있어도 느끼는 햇살 같았어요 감사할 뿐이죠
마지막이에요 거짓말하기는 싫어요
슬프게도 너무 잘 알죠 같은 공간에선 같이 살 순 없어
서로의 걱정은 하지 마요 무슨 말인지 알겠죠

사는 동안에는 못 볼 거예요
저기 어둠 속 저 달의 뒤편처럼
나 죽어도 모르실 테죠
사라져도 모를 저기 저 먼 별처럼

잊어주는 것도 나쁘진 않아
잊을 수 있는 추억 그게 어딘가요
알겠죠 이제부터 우린
이 세상에 없는 거예요 외워두세요

날 웃게 해줬죠 그렇게 웃을 수 있었다니

내가 원했던 모습으로 이끌어준 걸요
세상을 준 거죠
이제 이런 얘긴 그만하죠 무슨 말인지 알겠죠

모두 돌고 돌아 제자릴 찾고
사라졌던 별 다시 또 태어날 때쯤
그때쯤 우리 꼭 만나요
그때는 꼭 혼자 있어줘요 외워 두세요

외워 두세요
노래_ 성시경
작사_ 박주연, 작곡_ 김형석

당신 역시
그랬던 거라고

외워도 외워도 아득한 이름.
당신의 이름 안엔 별이 있고, 호수도 있는데
모두 내가 가지지 않아야 아름다운 것들이라,
당신 역시 그랬던 거라고,
이제 나는 겨우 그리 생각하며 웃는다.

외우지 않아도 그렇게 기억되고 말더니,
그렇게 하나하나 특별하게 새겨지더니,
이제 저 수많은 사람들 속에 섞여
공기처럼 흙처럼 원래 그랬던 것처럼 잘 살아가고 있는지 당신은.

잊었다가, 잊을까 봐 다시 또박또박 '당신'이라는 두 글자를 적어두었다.
잊었다가, 그 사실을 잊을까 봐 이제 다시는 만날 수 없다고,
혼잣말로 중얼거려보았다.

이별을 외워보았다.
오래전 마지막 당신의 뒷모습을 천천히 외워보았다.

[밤과 위로]

삶은, 홀로
파도에 맞서는 일

같아서

걸어가자
처음 약속한 나를 데리고 가자
서두르지 말고 이렇게
나를 데리고 가자

걸어가자
모두 버려도 나를 데리고 가자
후회 없이 다시 이렇게
나를 데리고 가자

세상이 어두워질 때
기억조차 없을 때
두려움에 떨릴 때
눈물이 날 부를 때
누구 하나 보이지 않을 때
내 심장 소리 하나 따라
걸어가자 걸어가자

걸어가자
노래_루시드 폴
작사_루시드 폴, 작곡_루시드 폴

이 노래가,

나를 구해줬다는 생각이 들어서

여자는 두 손바닥을 맞대어본다.

길이가 제각각인 손금들이 천천히 겹쳐진다.

짧은 순간, 여자는 운명이 어느 방향으로든 조금 움직여주기를, 바랐다.

그 손과 손 사이에 갇힌 온기는 둥글게 모아져 점점 더 따뜻해진다.

그 온기는 혈류를 타고, 물결처럼 심장으로 흘러간다.

이윽고 여자는 손가락 열 개를 모두 구부려 왼손과 오른손이

떨어지지 못하도록, 서로가 서로를 잘 붙들도록 묶어둔다.

기도. 그 손안에 소리 없이 작은 기도가 자라난다.

깍지 끼어진 손. 내가 나를 놓치지 않고 데려가고픈

바람은 기도를 불러왔다.

여자는 나지막이 이야기했다.

'지금 제가 할 수 있는 일을 알려주세요.'

이 물음의 대답은 언젠가 들려올 것이다. 여자는 믿어야 한다.

질문에 대한 대답이 돌아올 때, 그때까지는 버틸 수 있으므로.

고요한 시간이 한참 흘러간 뒤, 여자는 자리에서 일어섰다.

무의식적으로 다리를 툭툭 털어내며

어느새 두 무릎을 꿇고 있었다는 사실을 깨닫는다.
보이지 않는 절실함.
습관처럼 이어폰을 귀에 꽂으며 여자는 그곳을 나선다.
어느새 해가 넘어가고 있었다.

길을 걷다가 여자는 아마도 몇 번쯤
걷고 있는 이곳이 어딘가 두리번거려야 했다.
요즘 들어 자주 제 두 발이 그녀를 이름 모를 곳으로
이끌어가곤 했기 때문이었다.

근래 여자는 자주 길을 잃는 기분이 들었다.
나라는 존재가 자꾸 희미해지는 기분.
사람도 일도, 모든 관계들도 끝없이 버거웠다.
예고 없이 생기는 상처와 관계의 종말에 여자는 많이 지쳐 있었다.
이럴 바엔 어디론가 조용히 사라지면 좋겠다고
생각할 때마다 느껴지는
먹먹한 기분은 그녀를 내내 잠 못 들게 했다.
어떻게 해야 할까, 하는 생각이 들 때마다
퇴근길에 늘 그곳에 들려 손을 모으고 기도하는 일만이
그녀가 할 수 있는 전부였다.

얼마나 더, 버틸 수 있을지 아무도 알려주지 않았으므로
내내 대답을 기다려야 했다.
그렇게 한 발 또 한 발.

힘없는 걸음을 걷던 그녀가 갑자기 자리에 멈춰 선다.

노래가 말을 걸어왔다.

도시의 소음 한가운데 누군가 여자의 어깨를 잡은 것처럼.

갑자기 나타나 인사를 건네는 것처럼.

걸어가자

모두 버려도 나를 데리고 가자

세상이 어두워질 때

기억조차 없을 때

두려움에 떨릴 때

눈물이 날 부를 때

누구 하나 보이지 않을 때

내 심장 소리 하나 따라

걸어가자 걸어가자

눈앞이 뿌옇게 번지기 시작했다.

무언가 크고 무거운 게 가슴 아래로 떨어지는 느낌.

예상하지 못했던 결말이었다.

조금 전 두 손을 모아 던진 물음에 대한 대답은

이렇게 노래를 타고 갑자기, 들려왔다.

멈춰 선 두 발을 내려다보며, 여자는 한참을 거리 위에 서 있었다.

오래전부터 들어왔던 노래였지만, 지금 이 순간 이 노래는

지금까지와는 다른 노래였다.

대답이었고, 조언이었고, 지도였고, 불빛이었다.

'내가 할 수 있는 일은 이 두 발로 그저 걸어가는 일일지도 몰라.'
걸어간다는 것은 멈추지 않는다는 것. 산나는 것.
결국 도착한다는 것. 완성한다는 것.

여자는 이 삶의 지도를 잃지 않겠다고 생각했다.
어디로 가야 하는지 알 수는 없지만
내 심장 소리 안에 길이 있으니 걱정 없을 거라고도 생각했다.
방울방울 맺혀 있던 눈물은 어느새 사라져 있었다.
선선한 눈가를 툭툭 털며 여자는,
이렇게 걸음마다 슬픔을 털어놓고 걸어가면 괜찮을 거라는
따뜻한 확신이 들었다.

지금 귓가를 타고 흘러 가슴으로 들어온 노래가
그렇게 얘기해주고 있었다.
여자는 미소를 지었다.
이 노래가, 자신을 구해줬다는 생각이 들어서.
해가 진 도시의 밤은 아름다웠다.
도시의 불빛들이 축하 폭죽처럼 그녀를 향해 쏟아졌다.

여자는 핸드폰을 꺼내 노래의 제목을 다섯 번쯤 더 읽었다.
걸.어.가.자.
그리고 다시 한 번 리플레이 버튼을 꼬옥, 눌렀다.

혹시 그 사람을 만나거든
용서를 빌어주겠니
홀로 버려둔 세월이
길지는 않았는지

우연히도 마주치게 되면
소식을 전해주겠니
아직 그래도 가끔은
생각이 날 테니까

결국 끝내지 못한
그 말 한마디
안녕이란 인사를

바람에게
노래_윤상
작사_윤상, 작곡_윤상

이제 나는
너를 기다리지 않게 됐어

바람을 기다린다.
이따금 훅 하고 아는 척을 하는 바람.
머리칼이 귀 뒤로 살짝 넘겨질 때
바람은 작게 안부를 전한다.
눈을 감으면 읽히는 소리 없는 글자.
잘 있다는, 걱정하지 말라는, 보고 싶다는.

잠이 오지 않는 새벽엔 창을 열고 바람을 들인다.
창가에 팔을 걸치고 내다보는 밤의 전경.
불 꺼진 아파트와 몇 개의 십자가, 오롯이 켜진 가로등과
인적이 없는 거리를 바라보면 쓸쓸하지만,
이내 마음의 공기는 따뜻해지곤 한다.

모두가 돌아간 자리.
바람은 그 사이를 다독여주듯 스쳐가며 이야기를 전한다.
오늘도 수고했다고, 겨우 몸을 누이는 세상에게 위로를 수놓는다.
바람은 분명 들어볼 만한 음악이고, 이야기다.

문득, 바람에게 하고 싶은 이야기를 떠올린다.
기대어 바라보느라, 팔꿈치에는 창틀의 긴 일자가 무늬로 새겨지지만,
나는 그곳에 계속 기대어 바람이 넘겨주는 머리칼을
기분 좋게 느껴가며 보이지 않는 글자를 쓴다.

C에게

계절이 변해, 이제 나는 서른다섯이 되었어.
나이 말고는 달라진 게 없어, 서운하고, 다행한 일이지.
그곳의 시간은 어떻게 흘러가는지 궁금해.
나는 여전히 같은 동네에 살며, 같은 일과를 반복하고,
같은 이유로 울고 웃으며 지내.

네가 알던 나는 이제 없을지 모르지만,
내가 알던 너는 아직 그대로 있어.
스물둘의 얼굴로, 스물둘의 미소로.
그건 다행인지, 아니면 불행인지……

있잖아. 이제 나는 너를 기다리지 않게 됐어.
그 사실이 가끔은 슬프지만, 자연스러운 일이겠지.
네가 잘 지냈으면 좋겠다는 말을 할 수 있는 내가 예뻐서 눈물이 나던 날,
처음으로 너에게 안녕이라고 말할 수 있었던 것 같아.
모처럼 밤바람이 이렇게 불어, 너에게 안녕을 또 말할 수 있네.
오늘의 안녕은 끝에 물음표가 붙은, 아주 밝은 안녕이야.

나의 안부가 이 바람을 타고 너의 머리칼을 살짝 넘겨주며
너에게 들리기를.

노래처럼, 이야기처럼.

작은 소용돌이를 일으키며 큰 바람이 지나간다.
가로등이 하나둘 꺼지며 멀리 은회색빛 여명이 찾아온다.
나는 밤의 뒷모습을 바라보며 침대에 몸을 누인다.
새로운 공기로 가득한 방 안이 아늑하다.

바람에게 실어 보낸 나의 편지가
그곳에 닿기까지는 얼마의 시간이 필요할까.
하나의 별이 탄생하고 죽는 동안의 시간,
아니면 내가 잠시 눈을 깜빡이는 시간.

이런저런 생각 속에 서서히 눈이 감긴다.
바람이 속눈썹을 조용히 감겨준다.

옥상에 올라가 그 밤을
옥상에 누워 그 달빛을

랄라라,
황홀한 이 밤
랄라라

그대와 여기서 노래를
그대와 여기서 청춘을

랄라라
황홀한 이 곳
랄라라

사랑하는 사람들아
이곳에 모여 앉아
사랑을 노래하자
청춘을 우리를 오늘을

옥상달빛
노래 _ 옥상달빛
작사 _ 김윤주, 작곡 _ 김윤주

청춘은 아직

그곳에

옥상으로부터의 청춘.

그녀의 시는 작고 아담한 상수동의 5층 끝 옥탑방에서 흘러나왔다.
아침이면 작은 나무상자에 심어놓은 나팔꽃 줄기를 타고,
저녁이면 한강 쪽을 향해 부는 바람을 따라 흐르는 담배연기를 타고.

옥상의 녹색 방수페인트가 칠해진 바닥이 잔디처럼 푸르렀던 시절.
우리는 거의 매일 약속도 없이 모였다.
낮에는 대체적으로 기운이 없었기 때문에 각자 좋아하는 작가에게
빠져들거나 멀리 흘러가는 화력발전소의 연기를 보다
낮잠에 빠지곤 하며 시간을 보냈다.

이윽고 하늘에 노을이 끝나고 보랏빛 밤이 다가오기 시작하면,
누가 먼저랄 것도 없이 준비해온 각자 몫의
술과 음식과 음악을 꺼내놓았다.

오선지 위에 그려지는 컬러풀한 악상들처럼,
술로 나른해진 두 눈 위 밤하늘엔

포르테와 피아노를 닮은 별들이 반짝였고,
우리는 자발적 방황을 시작했다.
모두들 자신만의 청춘의 무게 때문에 휘청거리던 때였다.

그러다 누군가 눈물을 흘리기 시작하면,
집주인인 그녀는 기타를 가지고 나와 연주를 하기 시작했다.
그녀의 목소리와 연주는 누구라도 마음 편히 울 수 있는
분위기를 만들어주었다.
눈물로 부력을 만들어가듯, 우는 사이
점점 우울의 수면 위로 떠오르던 우리.

어느덧 슬프던 분위기가 흘러가고,
눈물이 밤공기에 차게 식어갈 무렵 누군가 우리 이러지 말자며
왈츠풍의 음악을 틀기 시작하면 우리는 손을 잡고 춤을 추었다.
손을 맞잡고 신이 난 소녀들처럼 빙글빙글 돌면서,
우린 지금 왈츠를 추는 거라며 웃었다.
우리의 웃음소리는 옥타브를 넘나들며 오르락내리락거렸다.

"이렇게 노래하고, 음악을 듣고, 울고,
때론 이렇게 왈츠를 추면서 살아가는 거야.
인생은, 누구에게나 두렵고, 두렵지만 시시하고,
시시하지만 즐거운 거야.
말이 안 되지만 이미 말이 된다는 걸 알고 있는 거야. 지금의 우리처럼."

만화경을 들여다보듯 밤의 옥상은 예쁜 빛으로 어지럽고,
춤을 추던 우리는, 노래를 하던 우리는,
그렇게 웃던 우리는 조금 슬픈 기분으로
밤의 옥탑방에 나란히 누워 잠이 들었다.

우리가 그때 나누었던 이야기들, 웃음들, 눈물들은
모두 어디로 간 걸까?
기억은 자꾸만 흐려져가지만
그때의 옥상, 그녀의 기타 소리와 흰 손가락,
끄트머리가 깨져 있던 기타 피크,
주변의 공기와 저 멀리 지고 있던 노을의 빛깔은 늘 선명하다.
내가 그 순간을 얼마나 사랑했는지, 눈물 나도록 좋아했는지……
결국 그녀에게 말하지는 못했지만.

그녀들과 청춘의 한때를 부족하지 않게 보낸 나는 이제 안다.

행복했던 우리도, 언젠가 모두 혼자가 된다는 사실,
현실은 그 진짜 빛을 알게 됨과 동시에 과거가 되어버린다는 사실,
과거는 미래의 거울이 되고, 미래는 과거의 연속이며
그렇기에 과거도 현재도 미래도 결국 하나의 시간일 뿐이라는 사실.
언제나 우리들의 행복은, 조금 슬프게 끝이 난다는 사실……
그리고 모든 결핍으로부터 완성은 시작된다는 사실도.

옥상에서의 시간들, 그 달빛 아래에서의 시간들을

생각하면 아직도 가슴이 뛴다.
그리고 이윽고 다시 돌아갈 수 없는
시간들이라는 사실을 새삼 깨닫고 눈물이 나기도 한다.

그녀의 시가 피어나던 나팔꽃 화분과
지금보다 한가롭던 그 시절 상수동의 풍경들.
그 풍경들을 통과해 이제 나는 청춘이란 말을 붙이기
조금 부끄러운 나이가 되었지만,
우리의 청춘은 아직 그곳에 있다.

그 옥상 위에, 옥상 위의 노오란 달빛 아래.
돌아보면 바로 닿을 것 같은 그곳에.

쓸데없는 가식엔 관심도 없고
함부로 장난처럼 말하지 않고
천진난만한 미소를 갖고 있다면
넌 아마 내가 찾던 사람일 거야

나를 보는 네가 좋아
춤을 추는 네가 좋아
활짝 웃는 네가 좋아
그런 네가 난 좋아

눈이 부시게 하얀 햇살이 네 작은 이마에 비칠 때
아무 얘기도 없이 뒤에서 널 안는다면
그럴 때 네 표정이 난 궁금해

솔직하게
노래_ 토마스 쿡
작사_정순용, 작곡_정순용

그런 너를 바라보는 일

술잔을 높이 들고 추는 듯 마는 듯 그렇게 춤을 추는 걸 좋아했어, 너는.
음악을 낮게 틀어두고, 베란다 저 너머 보이는
한강이 예쁘지 않다고 투덜대면서도
늘 행복하게 춤을 추곤 했어, 너는.

나는 그저 의자에 앉아, 홀로 일어서서 빙글빙글 돌고,
이내 라임처럼 상큼하게 웃는 너를 바라보는 일을 좋아했어.
그건, 늘 행복한 일이었어.

예고 없이 실직을 했을 때도
그 사람에게 더 이상 사랑한다는 말이 나오지 않게 되었을 때도
모아두었던 돈을 모두 빌려주고 돌려받지 못하게 되었을 때도
테니스를 치다 팔에 거대한 깁스를 하게 되던 날에도
네가 좋아하는 밤이 길어지는 추분의 시작을 기뻐하던 날에도

넌 음악을 틀었고,
넘칠 듯 채워진 잔을 들고 공간 속을 흘러 다니듯 춤을 추었어.

너는 늘 솔직한 사람.
너의 기쁨에는 아마도, 조금의 거짓도 없을 거란 생각이 들 때마다
나는 괜스레 안심이 되곤 했어.
너는 차갑지만 끝내 따뜻하고, 얕지 않고, 쉽지 않기에
네가 주는 마음은 믿을 만했으니까.

다행히도 우린 둘 다 밤을 좋아하고, 술을 좋아하고,
음악을 사랑하고, 음식을 좋아하고, 여행으로 늘 가슴을 앓는 사람들.

해서 다시, 이 밤.

나는 노오란 조명 하나만이 켜진 식탁에 앉아, 저 앞에서 홀로 가만가만
춤을 추고 있는 너를 바라보고 있어.

너무 좋은 것 앞에서는 그렇게 속수무책이 되는 것도 괜찮아.

방법 같은 건 없이 그냥 웃는 거야,
네가 좋아서 죽겠다고, 솔직하게- 목이 쉴 때까지 고백하는 거야.
그래도 성이 안 차면 그저 너를 끌어안고서
아무 말 하지 않는 거야. 내 심장 소리가, 손끝에 맺힌
땀방울이 모든 걸 말해줄 테니까.

나를 보는 네가 좋아. 활짝 웃는 네가 좋아.
네 모든 게 좋아. 정말로. 좋아해, 너를.

산책이라고 함은 정해진 목적 없이
얽매인 데 없이 발길 가는 대로 갈 것

누굴 만난다든지 어딜 들른다든지
별렀던 일 없이 줄을 끌러놓고 가야만 하는 것

인생에 속은 채 인생을 속인 채 계절의 힘에 놀란 채
밤낮도 잊은 채 지갑도 잊은 채 짝 안 맞는 양말로

산책길을 떠남에 으뜸가는 순간은
멋진 책을 읽다 맨 끝장을 덮는 그때

인생에 속은 채 인생을 속인 채 계절의 힘에 놀란 채
밤낮도 잊은 채 지갑도 잊은 채 짝 안 맞는 양말로

속아도 꿈결

노래_가을방학

작사_정바비, 작곡_정바비

모든 게 꿈이었다고

누군가와 긍정적으로 어떤 '관계'가 되어버린다는 건 말이야.
산책과 비슷하다는 생각을 종종하곤 해.
가벼운 생각으로 나섰다가 그저 좋은 느낌에 이끌려
정처 없이 발걸음을 옮기는 일과 같다고.
걸어가며 계절을 만나고 수많은 타인의 표정을 만나고
쉬어갈 곳과 지나쳐야 할 곳을
구분해가면서 밤이든 낮이든 자유롭게 말이야.

그 과정은 마치 인생과 닮아 있어서 가벼울수록,
얽매이지 않을수록, 더 욕심내지 않을수록 행복하게
끝이 난다는 사실을 알고 있지.
흙을 툭툭 차면서 작은 풀들을 지르밟으면서
꽃들을 꺾지 않으면서 이따금 바람에게 마음을 붙잡히면서.
그저 자유롭게, 그것만이 아름답다고 생각하면서.

그 사람과의 관계는 산책처럼 시작되어 그렇게 끝이 났어.
어쨌든 우리 둘은 마음 가는 대로 걸어야 했고,
각자 쉬고 싶은 타임에서 쉬었다가

우연치 않게 함께 걷고 싶은 순간이 오면 다시 만나 걷곤 하다
이내 각자의 쉴 자리로 돌아간 거야. 함께 걷는 동안엔 같은 것을,
헤어져 걷는 동안엔 각자의 것들을 바라보며
무엇에게도 서운하지 않은 채로.

우리는 늘 알맞은 만큼의 불안과 우울이 필요했고
가슴에 꽂히는 문장들에 늘 목이 말랐고
매혹당할 수 있는 선율이 늘 고팠고,
그것이 꿈속에 있다면 당장 현실을 버리고
그 말도 안 되는 꿈속으로
당장 사라져버릴 수도 있는 사람들이었지.

이별을 하면서도 나란히 앉아 노래를 부를 수 있는
그저 그 노랫말로 내 마음을 표현하고 홀연히 돌아서는 사이.
사랑이란 말보다 왠지 다른 말을 더 찾고 싶은 사이.
다만 한동안 함께 산책을 해온 사이.
마음 가는 대로 그렇게 발길을 돌렸던 사이였어.

그렇다고 그 헤어짐이 슬프지 않았던 건 아니야.
모든 게 꿈이었으면 좋았을 만큼,
혹시 꿈이었을지도 모른다 할 만큼
나는 지금도 많이 아프거든.
때로, 너무 많이 사랑한 사이에선 이별이 너무 쉽기도 해.
그 사랑이 참 많이도 어려웠기 때문이야.

별들이여 대답하라
이 불빛이 보인다면
캄캄한 하늘에 떠다니는 작은 빛 하나

한참을 난 떠다녔지. 숨 막히는 어둠 속을
낯설은 거리에 버려진 아이처럼

난 누굴 찾고 있는지
여기는 또 어딘지
터무니없는 풍경에 익숙해 갈 즈음에
갑자기 깨달았지 네가 옆에 없는 걸
괜찮아 걱정 없어
이건 아마도 꿈일 테니까 용기를 내

악몽

노래_윤상

작사_박창학, 작곡_윤상

이건 아마도 꿈일 테니까

낯설다.

이곳은 내가 한 번도 와보지 않은 곳.

아니 어쩌면 매일 지나치고 있는 곳일지도 모른다.

분명히 알지만 모르는 사람들이 나를 스쳐 지나간다.

하나같이 무표정한 사람들.

나는 길을 잃는다. 진짜 잃어버린 건지 일부러

잃고 있는 건지 판단할 수 없다.

꿈일까. 꿈이어도, 꿈이 아니어도 상관없다.

다만 이 공간에서 어서 멀어지고 싶다. 발걸음이 빨라진다.

잠시 거리에 주저앉는다.

해가 반쯤 걸려있는 하늘에 시선을 두고 있는데,

갑자기 눈물이 쏟아진다.

손끝에 물기를 내려다보며 소스라친다. 이건 꿈이 아니다.

그럼에도 불구하고, 이제 이곳은 더 이상 내가 살던 곳이 아니다.

공기와, 소리와, 빛깔이 모두 다르니까.

내가 묻힌 한 평의 공간 속으로

나의 모든 세상이 함께 사라져버렸으니까.

'악몽에서 깨어났다고 해서, 행복해진 적은 없어.
차라리, 눈을 감아서 악몽이라도 꾸었으면 하고
바라는 현실에 살고 있지.'

너의 장례식장에 다녀온 뒤.
나는 너의 말을 떠올리며 차라리 눈을 감고
깊은 악몽 속에 빠졌으면 싶었다.
하지만 잠들 수 없는 날의 연속이었고,
악몽 같은 현실은 갈수록 또렷했다.
잘 지내는 듯하다, 문득 커다랗게 눈에 띄는 너의 빈자리.
너의 기억은 깨진 유리 파편처럼 나의 앞에 놓여 있곤 했다.
나는 맨발로 그 위를 걸었다.
거짓말 같은 현실 위에 아픔만큼은 또렷했다.
아픔의 입자들은 날카로웠고 차가웠다.
깨어날 수 있을까. 나는 매일 물었다.
네가 없는 현실은 악몽보다 두려웠다.
지독히도 쓸쓸했고 모든 현실감이 부당하게 다가왔다.

그리고 그때부터 지금까지.
잠이 오지 않는 밤이면, 하늘을 본다.
은빛별의 무리들을 바라보다
어느새 너의 이름을 떠올리고 있다는 사실을 깨닫는다.
'아마도 저 빛은 우리가 태어나기 이전 반짝이던 빛이겠지.'
그리고 언젠가 술에 취해 이다음 생엔 별이 되고 싶다고 말하던 너의 목소리를 떠올린다.

이다음 생이 존재한다 할지라도 너는 아마 흔하게
눈에 띄는 별 따위는 되지 않았을 것이다.
눈에 띄고 싶어 하지 않았지만, 빛나고는 싶어 했으므로
보이지 않는 어디에선가 영원히 발견되지 않을
홑별쯤으로 태어났을 것이다.
별들이여 대답하라. 이 불빛이 보인다면.
어디선가 밤새 잠들지 못하고 있는 나의 눈빛을 보고 있다면,
거기 사라져버린 너, 저 하늘 어디에선가 무엇이든 되었을 너,
부디 대답하라.

몇 년이 지났지만, 아직도 너의 이름에 온 세상이 흔들릴 때가 있다고.
나는 다만 그렇게 고백하겠다.
거리를 걷다가 문득, 밥을 먹다가 문득, 너와 같은 이름을 듣다가 문득,
깊숙이 숨을 쉬다가 문득. 행복하다가 그렇게 문득.
커다란 눈물을 방울방울 매달고 깊은 밤을 휘청거리는 나.
그런 나에게 이 노래는 변함없이 답해준다.

괜찮아 걱정 없어
이건 아마도 꿈일 테니까 용기를 내

악몽 같은 현실과 현실 같은 악몽.
나는 오늘도 그 사이 어디쯤인가에서 눈을 뜨고 감는다.

우린 어제 서툰 밤에 달에 취해
삯을 잃었네 삯을 잃었네

어디 있냐고 찾아봐도 이미 바보같이
모두 떨어뜨렸네 남김없이 버렸네

우린 익숙해져 삭혀버린 달에 취해
아무 맛도 없는 식은 다짐들만 마셔대네

우린 이제서야 저문 달에 깨었는데
이젠 파도들의 시체가 중천에 떠다니네
떠다니네, 봄날의 틈 속에서
흩어지네, 울며 뱉은 입김처럼

꿈에도 가질 수가 없고
꿈에도 알려주지 않던
꿈에도 다시는
시작되지 못할 우리의 항해여

Lost
노래_국카스텐
작사_하현우, 작곡_하현우

삶은, 홀로

파도에 맞서는 일 같아서

높고 거친 파도와 검은 모래가 춤추는 해변을 꿈꾸었다.
꿈속에서 나는 내 키보다 높은 그 파도의 크기에 말을 잃었다.
압도적인 아름다움이 공포를 불러온 탓이다.
검고 진한 모래 위에 써 내려간 이야기들은 너무나 순식간에 사라졌다.
파도는 천천히 써 내려간 생의 기록을 기다려주지 않았다.
다시 쓰고 지워지고 또 쓰고 지워지고
창백한 물보라가 가득한 해변에서 나는 홀로였고,
아마도 내가 쓴 말들이 지워지지 않을 때까지
이곳에서 떠나지 못할 거란 생각이 들었다.

아이슬란드.
나는 자주 그곳의 꿈을 꾼다.
그 해변은 내가 잃어버리며 살고 있는 모든 것들의 중심이었다.
끝내 지키지 못한 채 빼앗겨야 할 것들의 가운데이기도 했다.
젊음, 생, 행복, 의지, 청춘, 성공이라 불렸던 순간들……

자꾸만 잃어버리면서도 끝내 적어내고
그것이 지워지는 순간을 다시 바라보는 것.

그것이 그 검은 모래 해변에서 내가 할 수 있는 유일한 일이었다.

나는 그것이 꿈속이나, 결국 현실 속 내가 사는 일과

다르지 않다는 생각을 했다.

모두가 자기 키보다 높은 파도에 겁을 먹고 소리치며 도망치는 해변에서

나만 홀로 묵묵히 그 파도와 맞서고 있었다.

두렵지 않을 때 비로소 한 걸음 물러서리라, 생각했다.

높은 파도가 물거품으로 흩어질 때,

나는 그 속에 함께 나를 뉘였다.
내가 빼앗긴 것들 그러나 다시 꿈꾸어야 할
그것들의 사이로 거품처럼 녹아 들어가는 일.
나는 그렇게 매일 아침 파도 사이에 널린 하나의 시체로 눈을 떴다.

매일의 꿈속에서 살아감을 예습하였다.

한참을 앓고 있죠
사랑한단 뜻이에요
이 사랑을 깨달은 순간이
제 인생에 제일 힘든 날이었죠

피할 수 없어 부딪힌 거라고
비킬 수도 없어 받아들인 거라고
하지만 없죠 절 인정할 사람
세상은 제 맘 미친 장난으로만 보겠죠

b

바람이 차네요
제 얘기를 듣나요
저 같은 사랑해봤던 사람 혹 있다면은
절 이해할 테죠

단념은 더욱 집착을 만들고
단념은 더욱 나를 아프게 하고
어떻게 하죠 너무 늦었는데
세상과 저는 다른 사랑을 하고 있네요

사랑의 시
노래_MC. the Max
작사_채정은, 작곡_Tamaki Koji

누군가의 생이
말을 걸어오는 밤

그는 아일랜드의 차가운 겨울바람을 좋아했다.
회색의 도시와 무표정한 사람들의 창백한 얼굴은
그로 하여금 많은 표정들을 상상할 수 있게 했다.
그들의 꾹 다문 입술 너머에 존재할 어떤 비명 소리와
절규에 대해 그는 생각했다.
공포스럽지 않게, 그러나 전율이 필요했다.

그는 형체 너머에서 들려오는 소리들에 집중했다.
인물들의 현실성과 구체적 형태는 중요하지 않았다.
내면의 소리가 떠오르게 하는 어떤 모습과 모션.
그는 그런 것들을 그리고 싶었다.
그는 프로이트 같은 정신 분석학자들을 자주 조우했고,
'내면'과 '무의식'에 대해 깊이 생각했다.

그의 이름은 프란시스 베이컨.
나는 그의 그림을 처음 마주했을 때의 충격을 잊지 못한다.
삼단 제단화 십자가 책형.
뭔가 어려운 이름의 이 그림을 보면서 이해할 수 없는

마음의 흔들림 때문에 나는 공기 하나하나를 붙들고
겨우 서 있어야 했다.
뭘까. 이 충격적이고 암울하고 그러나 어딘가 모르게
이해하고 싶은 기분이 들게 하는 기분은.
그의 그림은 잠자고 있던 누군가의 내면을 깨운다.
그는 아마 그러고 싶었을 것이다.
그가 붓을 들 때 그러했듯이. 그 안에는 두려움이 있고,
비뚤어진 시선과 시니컬한 웃음이 있고,
기괴한 형태로 표현하고자 했던 인간의 내외적 고통이 있다.

동성애자이자 언어적 사디스트 그리고 육체적 마조히스트의
양면을 가졌던 베이컨.
배경이 없는 인물의 그로테스크한 고립.
외마디 비명이 길게 들려올 것 같은 벌어진 검은 입.
고통에는 실체가 없음을,
그러나 그 실체는 어떤 형태로든 마음에 전달될 수 있음을,
그의 그림에서 들려오는 소리로 나는 매번 깨닫는다.

세련된 색감 그 안에 그려진 폭력성과 불편함, 불안함,
그리고 부정확한 으깨어짐.
그가 맞닥뜨리고 결국 그를 사회 안에서 옭아맸거나,
멈춰 서게 했던 죄책감.
종교에 대한 의구심과 끝없는 구원에의 갈구.

한 예술가의 예술관 내지는 내면이
이렇게 깊은 사유로 다가온 것은 오랜만의 일이었다.
온전히 그의 생을 엿보고 싶어진다.

그리고 오랜만에 그의 짧은 메모를 다시 읽는다.

얼굴을 가리지 말 것
하지만 카오스 속에서 아름다움을 무시하지 말 것
조화를 포기하지 말고 공포를 드러낼 것
이제껏 한 번도 형태를 가져보지 못했던 것에
형태를 주도록 시도할 것
고뇌를 형상화할 것

내 삶의 색깔은 나의 무의식과 내면으로부터 시작되겠지만,
결국 내가 보는 방향으로 전진한다.
나의 과거는 그의 그림 속 까만 배경처럼 조금은
어둡고 그 안에 늘 홀로 서 있다고 생각했지만,
그것들을 계속 끌어내고 기록하며
그래서 내 삶의 한 부분으로 삼고 인정해나가는 것이다.

표현하지 않으면, 해소되지 않는다.

어떤 방식으로든 풀어내고, 가고자 하는 방향을
인식하고 끊임없이 전진하는 것.

그것만이 내가 해내야 하는 일이라는 생각이 든다.

추운 겨울 까만 밤 가로등 아래에 서서,
돌이킬 수 없는 자신의 고된 사랑을 생각하며
담배 한 개비를 찾는 노래의 주인공은
이런 사랑에 빠진 당신은 도망치라고
느슨히 경고하지만, 한편 그는 알 것이다.
그런 운명 앞에 선 자라면 누구든 도망치지 못한 채
그저 그 삶은 유유히 걸어가게 될 것이란 것을.
모든 금기 앞에 선 사랑은 용감해지기 마련이니까.

모든 사랑과, 모든 예술과, 모든 도전과 포기,
모든 무의식, 그리고 결핍의 소산에 대해 생각하며.

'그'가 사랑한 '그'의 얼굴이 무척 궁금해지는,
프란시스 베이컨의 그림이 말을 걸어오는 검은 밤, 쓴다.

시계
그대처럼 가는
눈썹 같은 초침 가리키는
그 시간은 어딘지
새벽을 나는 고단한 그대 날개

낯선 어느 동산에서
무거웠던 하루 내려놓고 한숨 돌리렴
마른 목 한번 축이고 누워 쉬어보렴

세상이라는 무게
거칠기만 한 세상
여기 있는 내게 그대 무겁게 한 그 짐을
내게…… 다 내게 주오

그대 모든 짐을 내게
노래_윤상
작사_루시드 폴, 작곡_유희열

그대

모든 아픔을

오늘도 그대의 마음은 무거웠겠다.

눈을 감고 누운 그대의 숨소리에 그대의 거칠었던 하루가 묻어 있다.

새벽의 고요 속에 작게 흘러가는 초침 소리.

심장 소리에 맞추어 시간이 한 걸음 한 걸음 흘러간다.

초침 하나의 거리만큼 우리는 함께 나이 들어가고, 마음은 깊어지고,

내게로

헤어져야 할 시간은 가까워져간다.

그대의 속눈썹 위에 내려앉은 피로와 고단함.
오늘 하루 그대는, 이 속눈썹을 감으며 몇 번의 슬픔을 모른 척했을까.
삶은 녹록지 않고, 약속들은 흐려졌고, 미안함은 커져가지만 다행인 것은 서로의 곁에 아직 서로가 있다는 것.

스무 살, 그대의 얼굴을 기억한다.

그때의 그대는 여러 개의 얼굴을 가졌었다.
천진한 개구쟁이, 용감한 소년,
사려 깊은 청년과 푸른 잎의 냄새가 나는 붉은 심장의 성인.
그런 그대에게서 나는 꾸밈없는 말괄량이와
수줍은 소녀와 두려움 없는 몽상가와 깊은 생각의 눈을 선물 받았다.
스물부터 서른다섯까지, 그대는 나를 다르게 또 다르게
그리고 튼튼히 만들어주었다.
나는 마침내 오롯한 내가 되었고, 자유로워졌다.

사랑하는 이의 가장 아름다운 얼굴을 기억할 수 있다는 건
얼마나 큰 행복인지……
내가 가장 사랑한 그대의 얼굴은 영원히 비밀로 해두겠다며 웃었지만,
사실 내게 가장 사랑스러운 당신의 얼굴은 늘, 지금이었다.

그대의 등 뒤로 축 처진 작은 날개.
수없이 꺾이고 부러졌던 그 날개를, 그래도 그대는 버리지 않았다.
다치면 나을 때까지 버텼고, 물에 젖으면 해를 기다렸다.
그렇게 상처 난 날개를 가지고 겨우겨우 살아온 사람.

결국, 그대는 그 거친 날개로 조금씩 더 멀리 날 수 있게 되었다.

삶의 저항에도 생의 예고 없는 난기류에도 흔들리지 않는 힘을 가지고.

나를 등 뒤에 세워둔 채로 늘 생의 정면에 서 있던 사람. 당신.

벽을 보고 누운 그대의 등 뒤에 오늘도 축 늘어진 날개가 고이 접혀 있다.
그 결을 쓰다듬어본다. 외로움의 촉감.
가만히 그대의 등 뒤에 누워본다.
그대의 숨소리, 굽은 등 너머로 들려오는.

그대의 모든 무거운 짐이 모두 다 내게로 쏟아져내렸으면.
그대의 모든 아픔이 모두 다 내게로 와주었으면.
잠든 그대를 향한 나의 기도는 늘 변하지 않는다.

밤은 이렇게 흘러가고,
나는 그대의 품 안에 누워 시계의 초침이 지나가는 소리를 듣는다.

그리고
이대로 우리 둘이 함께 저물더라도 슬프지는 않으리라, 생각한다.
가난과 불안과 불확실과 냉정함과 불신이 없는
어느 곳으로 당장 사라져버린다 해도
후회스럽지 않으리라, 두렵지 않으리라 생각한다.

우리 서로의 품이라면. 아마도 그렇다면.

오늘 무슨 일이 생길 것만 같은 고요하고도 거친 밤공기,
바람 소리, 달빛에
너의 평화롭진 않았을 것 같은
어지럽고 탁한 긴긴 하루, 너의 새벽, 빈 창가

나쁜 기억에 아파하지 않았으면,
숱한 고민에 밤새우지 않았으면
Mmm good night, good night, good night

또 나쁜 꿈에 뒤척이지 않았으면,
빗물소리에 약한 생각 않았으면
팔베개, 입맞춤, 따뜻한 한 이불, 나긋한 숨소리,
이젠 함께 아니지만
눈물과 외로움, 슬픔과 괴로움,
하얗게 지운 듯 깊은 잠 예쁜 꿈속에
Mmm good night, good night, good night

Good Night
노래_10cm
작사_10cm, 작곡_10cm

그 시간 속에서

걸어 나오기를

돌이켜보면 그 불면의 시기에 함께 찾아온 것이 있었다.

그리움. 후회. 그리고 그 뒤에 선 어떤, 얼굴.
눈을 감고 잠에 드는가 싶으면 불쑥 떠오르는 그 얼굴 때문에
나는 어떤 날카로움에 찔린 듯 깜짝 놀라 잠에서 깨곤 했다.

그때의 나는 물체였다.
생각할 수 없는, 온기 없는 그저 그 자리에 멈춰 선 물체.
방향도 없이 계획도 없이 텅 빈 머리를 붙들고 온종일 어쩔 줄 모르는.

불면증.
왜 내 머리가 밤을 새워 동글동글 눈을 뜨고 있는 것인지
알고 싶지만 알 수가 없는 병.

해서 나는, 해가 나 있는 시간엔 늘 피곤에 시달렸고
이유가 없는 우울에 쫓겼다.
때로는 눈을 뜬 채로 꿈을 꾸기도 했는데,
주변 사람들이 놀라 나를 흔들어 깨우는 일도 있어

주위에 이상한 소문이 돌기도 했다.

그렇게 눈 감지 못하는 물고기처럼 때꾼한 눈으로
아침을 맞이할 때면, 초록빛 좀비가 된 기분으로 생각했다.
자발적 수면이라는 건, 사람을 사람처럼 만들어주는 것.
사람의 냄새와 색깔과 기운을 갖게 하는 것.
결국 사람의 많은 부분을 만들고, 허물어주는 것이었구나.

그러니까 지금의 나는, 사람이 아닌 것 같다고……

내가 눈뜨고 있는 이 세상에 당연히 있어야 할
누군가 갑자기 없어진 현실을 받아들여야 하는 일.

그때의 나는 그녀가 없는 세상의 시차를 견딜 수 없었던 것이다.
그렇게밖에는 설명할 방법이 없다.

유유히 잘 흘러가던 내 세계의 시간이 갑자기,
다른 날짜 변경선을 넘어 전혀 다른 차원의 세계로 흘러 들어간 것처럼.
그녀의 자리 하나가 쏙 빠진 이 지구는
내게 전혀 다른 별이 되어 있었다.

가볍던 걸음이 몇 배나 무거워진 걸 보면,
아주 잠시 멍해져 있는 사이 몇 시간이 흘러가 있는 걸 보면.
세상이 이렇게 멋대로 부서지고 엉켜버리는 걸 보면.

갑자기 모든 게 달라진 이곳에서 다시 사는 방법에 적응하기까지
나는 아주 긴 시차를 겪으며 몸도 마음도 조금은 다른 사람이 되어 갔다.

그리고, 반복되는 꿈같은 그녀의 기억에서 깨고 난 후에야
나는 다시 잠들 수 있었다.
대기권 바깥을 빙빙 도는 초라한 위성의 파편처럼
밤의 언저리를 빙빙 돌기만 하던 그때의 나에겐
당분간의 시차 적응이 필요했을 뿐.
나는 미친 것도, 병든 것도 아니었다.
준비하지 못한 채 얻어맞았으니
상처 입을 수밖에. 다치고 아플 수밖에.
그렇게 아프니 잠들지 못할 수밖에……

그 모든 사실과 마주하고, 나를 다독여주고 나니
그때의 기억도 스르르 잠에 드는지
조금씩 저 기억 아래로 잠겨 더는 보이지 않았다.

한두 알씩 먹어야 했던 수면유도제라는 이름의 약도
이미 치워버린 지 오래.
그때의 기억은, 가끔 특별한 후일담을 이야기하는 자리에서
추억하듯 꺼내는 때를 제외하곤 대부분 잊고 지낸다.

내 생애 유일했던 긴 불면의 시기.
나는 소중한 사람을 잃고 그 무채색의 아픔을 배웠다.

그 시간을 박차고 나와 보니, 다시 세상의 아름다운 색이 보였고
낮에는 눈을 뜨고 밤에는 눈을 감는 이 당연한 삶이
무척이나 소중하다는 사실에 새삼 가슴이 찡했다.
그렇게 나는 생의 처음이자 마지막(단언할 수는 없지만)
불면의 시기를 통과했다.

아마도 누군가는 오늘 밤도 불면으로 힘들어하고 있을 것이다.

기대는 것이 무엇이어도 좋다.
술이든 때로 너무 힘들면 한 알의 수면제이든 푹신한 베개이든
사랑하는 이의 품이든 엄마의 목소리 이든 아니면 한곡의 노래이든.

그것들과 함께 당신, 어서 빨리 그 불면의 시간에서 걸어 나오기를.
당신의 불면, 그 한가운데에 서서 당신을 노려보고 있는
그 두려움과 눈을 마주치고 담담히 화해하기를.
그리고 다시 따뜻하게 달게, 푹신하게 잠들기를.

부디 그렇게 되기를 바라며……

오늘도, 잘 자는 밤.
밤다운 밤.
Good Night.

밤과 노래

초판 1쇄 인쇄 2017년 4월 25일
초판 3쇄 발행 2019년 1월 25일

지은이 장연정 | **찍은이** 신정아 | **펴낸이** 김종길 | **펴낸 곳** 인디고
책임편집 이은지 | **편집** 이은지, 이경숙, 김진희, 김보라, 김은하, 안아람
디자인 정현주, 박경은, 손지원 | **마케팅** 박용철, 김상윤 | **홍보** 윤수연, 김민지 | **관리** 김유리

출판등록 1998년 12월 30일 제2013-000314호
주소 (04209) 서울시 마포구 월드컵로8길 41(서교동483-9)
전화 (02)998-7030 | **팩스** (02)998-7924
페이스북 www.facebook.com/geuldam4u | **인스타그램** geuldam

ISBN 979-11-5935-015-3 03810
책값은 뒤표지에 있습니다.

* KOMCA(한국음악저작권협회) 승인필 도서입니다.

이 도서의 국립중앙도서관 출판시도서목록(CIP)은 e-CIP홈페이지(http://www.nl.go.kr/ecip)와 국가자료공동목록시스템(http://www.nl.go.kr/kolisnet)에서 이용하실 수 있습니다. (CIP 제어번호 : 2017009220)

글담출판에서는 참신한 발상, 따뜻한 시선을 가진 원고를 기다리고 있습니다. 원고는 글담출판 블로그와 이메일을 이용해 보내주세요. 여러분의 소중한 경험과 지식을 나누세요.
블로그 http://blog.naver.com/geuldam4u **이메일** geuldam4u@naver.com